ЖРТВЕНИК ЉУБАВИ

ЖРТВЕНИК ЉУБАВИ

Марко Д. Марковић

Globland Books

САДРЖАЈ

Може ли анђео стајати близу демона? Имају ли добро и зло заједничког брата? Тако ни жртвену Љубав никако не можемо ставити поред оне, плотске, која то заправо и није. Жртвена Љубав такву „љубав” сажиже. Страдати уз велики труд, муку и трпљење ради задобијања Љубави Божје, није парадокс, већ наша реалност, наше спасење. Мученици, на земљи распети, на Небу прослављени, олтар храма, чаша страдања — ето кроз шта се пројављује та узвишена, слатка и небеска, жртвена Љубав. И Христос као Жртвеник такве Љубави.

Аутор

ПУСТЕ ДУШЕ

Загушљив ваздух од испарења реже ми грло, одвећ упаљено. Осећам како ми се мокра кожа прибија уз кости. Много муке и издуженог ишчекивања може да стане само у једну студену вечер. Готово неизбежних патњи, бола и крварења душе, неког лошег расположења од кога ми нерви цвиле као затегнута струна. Растајати се од онога ко ти живот држи у оним највреднијим малим боцама радости и среће, и ко му даје посебну драж, ноту и боју, зар је лако? Од тога се понекад не може побећи! Живот зна да затражи потврду наше трпељивости, јачине карактера и снагу воље. Притиснути чизмом судбе уза зид и чврсто стегнути њеним немилосрдним рукама, наизглед немамо куд. Ипак, дивљења достојна жртва и смирење у тим приликама да прихватимо мирно и без очајања све што је изнето пред нас, учини нас јачим и мудријим. Временом се у некој мери и навикнемо на то, јер ако се нешто дешава мимо наших жеља и хтења, шта ми можемо учинити да му променимо ток? Одлазимо једни од других и опет се враћамо, а између тога остаје у нама она несагорива нада и љубав како се, чини ми се, никада у потпуности не би раздвојили од оних за које нас веже прва мисао, изјутра, и онај, увек помало чежњив осећај, да је он, заправо ту.

Све чешће и нестрпљиво одлазим до високе, од гвожђа исковане капије, и провирујем низ улицу. Запустела и од кише као сужена. Никога на њој. Само се у даљини чује лавеж паса, несумњиво бескућника, тек да тишина буде бар мало спутана и заварана. Тешко је човеку да чека сâм. Уопште, мало је жеља у самоћи. Једино је молитва потребује и мисао, широка до пустиње и уздигнута у небеса. Знао сам да ће овај сусрет са Маријом бити врло драг, као и сваки други уосталом, али у истој мери и болан, јер можда је и последњи. Чудно разапета душа. Нада се и радује другој, али и страхује што ће ускоро поново остати усамљена, па повремено чак и зажели да се сретање са њом што више одложи.

Мисао ме је прогонила! Опомињала и враћала у далеку прошлост, незаборављену. Указивала на срећу што је остала затрпана иза мојих стопа, а онда ми се подругљиво смејала, јер ускоро остајем без некога уз чију сам помоћ и разумевање, чини ми се, могао забродити небом и бити срећан. Увек и заувек. Глава претрпана слутњама, отежала и заморена густим, влажним ваздухом од кога ми се разум помало поче мутити, личила је на подерану врећу из које су почеле да испадају жеље, готово неповратно, јер за све њих сада је већ било касно. Онај ко их је све држао у свези, вечерас ће отићи и у томе га ништа не може, у крајњем и не треба, спречити.

Марију сам упознао још када нам се детињство стало зачињати. Чедно и невино, пуно вере и без греха. Са великодушним, искреним људима, лако је касније запечатити пријатељство, поверити им и ону највећу тајну у свим појединостима, без страха да ће за њу још неко сазнати. А чувати у срцу исповест драгог нам човека и при томе завезати своја уста, преимућство је једино великог пријатеља. Бити скроман у очекивањима од драгих нам људи и за све оно што нам они могу пружити, а широкогруд за сва њихова хтења, драгуљ је којим зраче једино велике душе, и жртва љубави што надилази сваку себичност и горду очараност самим собом. Служити ближњим и због тога се веселити, горети пламеном жељом да им Бог подари многа добра и утеху када је то потребно — зар има узвишеније намере и дела за човека? Марија је као распламсала луча увек светлела, обасјавајући ми душу. Туговала је због мојих невоља и радовала се, можда чак и више од мене, мојој срећи. Искрено, срце које без прорачуна воли, ово сматра за своју дужност и осећа као потребу.

Појавила се у дугачкој, црној хаљини са великим, склопљеним кишобраном у рукама. Висока и као и увек достојанствена, веома лепа.

Њене црте лица, прецизно извучене, раскошна лепота усана и очију — дар су од Бога и одмор за свачију душу. И тај осмех, анђеоски је драг, а широк толико да га срце просто не може одједанпут обухватити. Пришла ми је убрзаним корацима и њене топле, миле руке већ беху око мог врата. Радовала се као и увек што ме види, али поглед ју је одавао — беше помало слутећи и забринут. Смешила се дуго ме гледајући и као да то чини први пут поче све потанко да одмерава, а онда, приметивши да је мој капут потпуно мокар, сажали се и спусти поглед. Велике, душе које искрено воле, да како могу читав би терет другога ставиле на своја леђа. Узео сам је за руку, помиловао по дугој, негованој коси, и као неко коме се некуда жури повукао за собом.

„Радује ме твоја близина, драга моја. Хајдемо унутра. Видиш, тамо је тишина", рекох јој показујући на цркву, „а души једино то треба. Све иде ка ономе чему и тежи."

Чврсто ми је стегла шаку, и ситним гласом се сложи:

„Хајдемо. Ти си ми као брат, знаш ли то? Уосталом, сигурно сам ти то небројено пута и рекла."

У храму, непрекидан мир и осећај топлине у срцу. Радости у души. Прилазимо иконама и целивамо их. Све. Одмерено, без журбе и расејања, јер једино је тако Богу пријатно. Молим се за светлост пута, познање Очеве воље, за добро ближњих и мудрост животну. За још понеки Маријин мио осмех и ако је могуће да се наш растанак ипак, барем одложи. Као да нисам имао снаге да поднесем и прихватим то да је више нећу виђати. Знам да се и она моли за исто. Чини ми се као да су јој стопала барем мало одвојена од пода. Искрена је у ономе што од Господа тражи. Због тога готово увек и добија. Нека тако буде и овај пут. Нека не иде. Знам колико је и њој тешко што одлази. Њено незлобиво срце молитвом живи и радује јој се. Оно је тражи. Сво је у њој. И овај пут, Марија је препустила Богу да све уреди. Њена је жеља једно, а једино Он зна како ће нам повући конце живота.

Стајали смо насред храма и заједно гледали у поткуполну фреску Христа Сведржитеља. Заиста, Он читав свет држи на свом Светом Длану.

Сваку добру мисао и тишину у нашим душама. Наду у вечну лепоту. И веру да и ми можемо и требамо бити Свети. Једно са њим. Иста љубав и једнака воља. Пришао сам ближе Марији. Осетио сам колико јој значи што смо вечерас ту, заједно. Лепа је и радосна као благовесник. Невина у греху и велика у жртви. Ухватила ме је за руке и рекла оно што сам одавно већ наслућивао:

„Отићи ћу из света, готово сасвим сигурно, знаш то? Или ћу барем отпутовати тамо где ме мој анђео буде повео. Можда ме не разумеш и не слажеш се са овом мојом одлуком. Ипак, она је чврста и нећу се поколебати. Драги мој, превише је свега. Одвећ превише. Ја се једноставно не сналазим и чак се више и не трудим да разумем људе око себе. Зар сам ја било кога од њих и било чим повредила? Због чега су им онда лица тако намрштена кад год ме сретну на улици? Зар само због тога што хоћу да живим онако како је Бог уредио, а не човек? Зар је данас слабост оно што је вековима био понос? Видиш, ја само хоћу да будем међу људима који знају и испуњавају закон, где је мање журбе, а више љубави и поштовања. Пођи и ти.“

„Марија, ја на то нисам спреман. Опрости, али нисам.“

„Свет у злу лежи, читао си и сâм.“

„Знам. Ваљда је због тога толико несрећа и патњи?“

„Ваљда. Људи су са оно мало људског у себи.“

„Знам. Знам, Марија. А ми, какви смо ми?“

„За себе не могу рећи да у потпуности и увек служим добру. Али, у томе се барем трудим. Признаћеш, и то је нешто. А ти... Ти си диван, необично мио. Ваљда те због тога толико и волим. Не знам како ћу без тебе, али ипак одлазим. Знам да ме разумеш! Ма... Ти ме барем познајеш толико добро да ти чак не морам ни откривати своје мисли да би све видео.“

„Прија ти што смо вечерас овде?“

„Да. Једноставно не желим да изађем напоље. И као деца смо волели да остајемо дуго у цркви, сећаш се? Остајали би после свих. И веровали смо у остварење својих дечјих снова. Постоје ствари које човек заувек упамти. Оне стварају читав један живот. Радост и утеху. И надање. Хајде да се још једном заједно помолимо.”

Ставила је руку поред моје, на икону која нас је у детињству, чини ми се заувек везала, и заплакала. Спустио сам главу и уснама додирнуо Ноге Христове и Маријину сузу што је на Њих пала. Болело је, иако сам се тако искрено и силно молио. Осетио сам у исто време топлину у срцу, јачину молитве, али и своју слабост и немоћ да поднесем ту празнину у души што се, вероватно заувек, растајем са неким ко је дубоко у мени, на моју радост, изградио себи дом. Хтео сам још нешто да јој кажем, да размисли о свему, да сачека, али ја као да сам заборавио сваку реч која би могла бар мало да утеши обоје. Можда их није ни било. Можда су сви људи, као и ми, у тим тренуцима бола једноставно ћутањем све рекли. Бог зна! Обрисао сам јој сузе са лица, уверавајући је да ће све бити добро, иако ни сâм у то нисам веровао. Било нам је довољно то што смо заједно и чини ми се да нам ништа више од тога није ни требало. Ипак, Марију од те вечери нисам виђао!

Убрзо је дошао и Васкрс, нешто раније ове године. Празник победе живота над смрћу и неба над греховном земљом. Са њим је васкрсла и лепота, радост и нешто што човеку даје посебну част и достојанство. Све ликује и слави име Христово у нади на своје спасење и блажену вечност. Измиримо се и целивајмо руку једни другима. Опростимо свима све и нека се радосно, небом, међу хоровима анђела, зачује и наше благодарење Ономе који нам живот даје. Има ли међу нама жедних — на рукама му принесимо воду и напојмо га. Болује ли ко — топлим стиском шаке и мелемом од осмеха залечимо му сваку рану, како би се барем данас сви заједно радовали.

Путујем. Молим се. Благодат Божју сабијам дубоко у себе како би је што више стало. Одлазим у село да испевам васкршњи тропар и да под светлошћу свеће гледам у вољена лица деде и бабе, озарена што сам са њима и на овај Васкрс.

Кућа им је стара, времена, на местима као гумицом обрисана. Недостаје понеки цреп на крову и златножута боја фасаде око прозора. Црв времена је нагризао и запретио да ће можда само слике двоје стараца једино заувек живети пред мојим очима дарујући им изобилну радост, а моја колевка што још стоји у соби, једног јутра биће равна са земљом! Заиста, можда би то и било тако да није оне ватрене ревности младог човека да сачува оно своје — свој праг преко кога је закорачио у свет, камин од чије су му топлоте, у детињству, образи постајали румени, породичне слике у албуму и иконе изнад узглавља! Све оно што је у детињству расло заједно са нама, у срцу, ми сматрамо својим и на то имамо пуно право, али и обавезу да га сачувамо, да му се траг не изгуби. Јер, његовим нестанком више не би било ни нас.

Воз под притиском паре пишти. Убрзава, а онда, као од сталне журбе помало и заморен, дува на све стране; успорава и коначно стаје како би примио нове путнике. Много света на станици. Различитог. Мајка вуче за рукав зајапуреног дечака док он радосно поскакује певушећи молитву коју вероватно једино и зна. Опомиње га да пожури, а он, веран својим искреним жељама, упорно застајкује поред свакога, поздрављајући га васкршњим поздравом. Велика је простодушност и невиност осећања код деце. Они прате срце, не одступају од њега ни педаљ, па се неретко у том свом заносу потпуно загубе, немоћни да схвате живот и све оно што он носи са собом, наивно мислећи да је све око њих добро и свима верујући. Повредити их и кажњавати због тога било би равно злочину! Јер, зар су нам они криви што нам кораци у журби гребу напред да би на крају, ми сами, заморени од утркивања са животом, због нејаких колена пали на земљу? Одрасли људи би најпре требали да науче своју меру и да не траже више од онога што им припада. Када би знали да их лакомство води у напрезање нерава и пљусак душе били би задовољни оним што имају па би нашли времена за све те наизглед ситне радости и тренутке среће без којих је немогуће живети у миру, задовољно.

Неки се гурају желећи да нађу себи места у већ претрпаном купеу. Самољубље је кратковидо. Напослетку, повез преко очију. Као да је време поштовања и служења ближњим остало далеко иза. Заборављено, нежељено. Тако затворени у ковчег себичних прохтева и отиснути низ реку можемо ли видети невољнике што се у њој даве, беспомоћно тражећи да им неко помогне? Зар је то човек преступио заповест љубави? Поцепао на комаде свитак са именима и надањима других, гордо се поносећи окреченом таблом на којој стоји његов лик. Нема среће у томе када се злом вољом понижавају и прогоне сви они са којима треба бити једно. Иста мисао. Једнака радост. Саборност.

Тешко, корацима готово везаних ногу, у многим годинама остављене снаге, измучена од патње, несрећа, бола, страдања и свега оног на шта живот вековима огомиње човека, у купе улази старица, мршавија од сенке. Забринута и сама. Невољна. Од муке помраченог лица. Уплашена својим животом, тежим и од саме смрти. Сетна. Невесела. Ипак, са оном капљом наде у очима које су виделе и добро и зло. Хаљина јој изношена, стара, на многим местима чак и више пута закрпљена. Ципеле напукле, црна марама дотрајала и излизана и њом би бар два пута могла прекрити своју омалену главу. Стоји са штапом у руци и скривеним болом у срцу. Намучена. Ишибана прутем невоља. Крхка и слаба, али, опет, жељна живота и бар још неке зоре. Боже, шта се све може пронаћи у само једном човеку! Муке, али и оно мало радости. Страдања, али и победе, јер се све издржало, отрпело, па очи и даље, бар накратко, засветле.

Тражи милостињу. Од ње живи и смрт сачекује. Погнувши главу стидљиво одлази међу људе са раширеном шаком, једином преосталом надом да се, ипак, барем тако може преживети. Неки одмахују руком, незаинтересовано и са досадним изразом лица. Има и оних што опсују, удобно заваљени у свој живот и „сигурни” да их иста судба не може задесити. А ако је већ тако, зашто би се они занимали туђом несрећом? Зар се тиме нешто стиче? Када живот учини простим рачуном човек губи своју боголикост, лепоту душе и пуноћу љубави. Лаком на новац, заборавља на његову праву вредност. Њему у тој мери непотребан, а другоме, сиромаштвом намученом, не даје. Тврдичлук, као и све друге слабости, уосталом, помрачује душу и жалости срце; чини човека неосетљивим за туђу невољу. Незаситим и тврдокорним. Зар ту може бити среће, крила племенитости и љубави на којима се живот уздиже у Света небеса?

Сасвим по страни, као изопштен из читаве те гужве и људског жагора у купеу са доста различитих животних прича, исповести и јадања, седи углађени, средовечни господин. Посвећено чита новине као да му оне могу променити читав живот. Фрак искројен по мери, изразито модеран и скуп, црн, са танким, белим пругама, готово савршено му леже на рамена. Скупоцен и леп, ручни сат, изгледом премашује чак и своју намену. Делује смирено и не подиже главу са онога што чита. Тек понекад поправља наочаре, подижући их увис. Накашље се, пређе погледом преко смркнутих лица, незадовољно их у себи прекоревајући, а онда, као и да не припада том малограђанском, умногоме рђавом свету, загонетно гледа кроз прозор.

Поред њега, омалени и видно нервозни младић, одгурује старицу претећи јој да скупи своју „прљаву шаку”, јер, каже, доста му је беспомоћних, сиромашних и старих. Грозничаво се жали другима у свом бесу што такви и даље излазе међу људе и просјаче, изазивајући једино још код „наивчина” осећај сажаљења. Маше рукама испред себе као да жели да отера псето испред ногу, а не намучену и уморну душу, поигравањем судбе или због чега већ осуђену да живи од милости других. То је сва њена „кривица” и зар није чак превише и то што смерно подноси толико понижење, па јој се неко још и у лице смеје, у дрскости и гневу чак прети!

Нико да заштити несрећну старицу! Чак ни онај господин у скупоценом фраку. Гледају у њу са презиром и бесом као да им је она виновник њихове зле среће и незадовољства. Мртве душе. Камене и без осећања. Без самилости. Без речи утехе за оне што им се живот наругао, намучио их. Невољни за крупна дела па тако, немаром, постали ситне душе. Замрли у дубоком сну себичности и лудој жељи да једино себи угоде не видећи друге нити туђу патњу, иако они понизно стоје ту, поред њихових ногу. Љубав није закон који обавезује па да га морају сви испунити, хтели то или не. Она је савршена жртва, решеност у добру и чврста воља, тај пламен срца да се другима помогне и да сваку бол, делом, проживимо са онима што страдају, муче се и пате. Човек без љубави је коров на цветном пољу живота, мршава сенка што се тек једва креће и на крају потпуно изгуби у сумраку, у тами порока, страсти и мржње. Запис остављен иза лошег пера. Онај који је сâм себе већ осудио.

Охрабрени овим срамним чином младог човека многи почеше да исмевају недужну старицу. Велика врева и ускомешаност људских душа једино је тамо где разума или уопште нема, или га има веома мало. Није тешко бити гласан у злу, у подсмеху туђој несрећи. То може свако. Надјачати слабог и пониженог, чак му и дирати рану што обилно крвари, срамота је охолих, оних што им је душа стешњена у зрно песка.

Чују се псовке са свих страна. И гласна негодовања. Старица тек са муком успева да дође до краја купеа, страхујући да јој тако беспомоћној неко још више не науди.

Уз велику шкрипу, воз коначно стаје. Лагано и лењо. Она више нема шта да тражи у њему. Нема од кога. Нема људи! Само мртве душе. Излази и болећивим ногама стаје на перон. Рубом мараме отире сузе. Срце није издржало. Посустало и изгребано животом. Готово замрло. У руци јој штап и невелика торба. Унутра, испод груди, бол и неизвесност шта јој оно сутра може донети. Ми живот не бирамо. Он изабере нас. Остаје јој једино још нада да ће сунце загрејати и њено уморно, од муке наборано лице. Ишчекиваће опет милост коју данас ни под лупом није могла пронаћи. Нечију добру вољу.

Ставља торбу на штап, а њега преко рамена. Тужна је, усне саме од хладноће подрхтавају. И њој је Васкрс данас, а радости ниоткуда. Нека зла коб, тешка, неподношљива. Ипак, не предаје се. Тихо испева тропар Христовог васкрсења и полази. Некуда. Иза ње остаје само густи дим. Воз је прошао, а са њим и пусте душе.

Дуго сам размишљао о несрећној старици. Али, зар сам јој тако могао помоћи? Само сам себи натоварио бреме жалости због њене судбе. Нерви су ми утрнули и као опијени противили се када би само покушао да усмерим мисао на било шта друго — на неку успомену из детињства, младалачки занос или вољене људе који читавом животу дају драж и пуноћу. И тек када сам био сасвим близу старе и добро знане куће, и када ми је срце нагло почело да притиска груди од узбуђења и среће што ћу поново видети мила лица деде и бабе, успео сам, коначно, да прекратим ту мисао због које сам силно туговао.

Златна светлост васкршњег поднева доноси мир и радост души. Улазим на стару, дрвену капију у двориште, тражећи погледом деду покрај старе липе где обично одмара у данима када не одлази у поље. Није ту.

„Биће да се заузео нечим врло битним. Можда помаже баки око постављања празничне трпезе, или већ припрема тамјан и кадионицу, очекујући да се сваког часа појавим на њиховим вратима.”

Када се човек после дужег времена враћа нечему за шта је душом везан, а мишљу увек ту, читаво му се биће загреје силним успоменама, љубављу и осећајем које једино срце зна и о њему може да говори. Јер, сваки педаљ земље дединог имања за мене има неку посебну и драгу причу и, сасвим сам сигуран, само од њих могао бих живети.

Камено, широко степениште што води до ниских, искованих, улазних врата, на местима од сунца испуцала боја на окнима прозора, ситан, годинама одолео цреп, истесане, од здравог и јаког дрвета, греде, па чак и немарно разбацани алат у столарској радионици — све је то за мене имало велики значај и искрено сам му се радовао. Уска, од напуклих цигли направљена стаза, подсетила ме је на моје прве кораке, а мирисни јорговани на оне дане неизмерне среће и лепоте мог младалачког живота, снова и многих надања. Заиста, толико је тога у свачијем животу чему се може и треба радовати! И данас, када се замислим и надвирим над свим тим годинама што су неповратно прошле, могу испуњеног срца и душе веселог дечака да узвикнем толико гласно да ме и небо чује:

„Највећи је дар бити човек и прихватити све са чврстим уверењем да на крају све увек буде добро, јер Неко о свима нама мисли и воли нас више него ми сами себе.”

Овога сам се увек држао и посведочићу ако затреба, било када и било коме, да ништа не може надјачати племените жеље срца и љубав што свему даје меру, смисао и вредност коју нико не може проценити нити је са било чим изједначити!

Ушао сам у пространу и са свих страна пријатно осветљену трпезарију. Деда је, заваљен у своју фотељу покрај камина, тако и заспао, и тек би, с времена на време, дубље уздахнуо. Чак и сан зна да намучи човека, а тело тражи одмор. Кандило пуцкета подно иконе Христовог Васкрсења. Празнична трпеза већ беше постављена и богато украшена. Угледавши ме, бака је готово поскочила од усхићења, не престајући да ме грли својим замореним, отежалим рукама. Прилично живахна за једну старицу, здравоцрвених образа и благог израза лица, дуго ме је гледала својим добродушним погледом. Чинило ми се да ће сваког часа заплакати од радости. А онда је почела да се распитује за моје здравље и срећу, за наклоност судбе. О, па стари људи тако добро знају шта је најбитније у животу свакога човека, па о томе најпре и желе да чују.

Има ствари које олако можемо вратити чак и онда када нам се чини да смо их неповратно изгубили, али и оних које једноставно заувек морамо сачувати, јер оне заправо и јесу сам живот. О њима увек треба размишљати и трудити се око њих како нас не би оптеретила она јалова брига о нечем потпуно безначајном, што се на први поглед чини врло важним. Јер, ако човек изгуби здравље својом кривицом и ако му душа постане немирна, зар ће му бити до било чега другог изузев да изгубљено врати? Нажалост, много пута за то буде касно.

Пробудила је деду, Стефана, и он се одмах стао извињивати што га је, ето, сан накратко преварио. Пожелео ми је пријатан и благословен Васкрс, срдачно и топло. Наравно, и он се радовао што ме види, али то се није могло препознати на његовом лицу, јер је успешно скривао своја расположења, тако да је ономе ко га не познаје довољно, било нарочито тешко да зна у каквом му се стању душа налази. Уопште, ретко је показивао своја осећања и мало је говорио — углавном када би то другоме било корисно. Снажан карактер да се све поднесе ћутке, добро и зло, и чврст став са једнаким изразом лица у данима патње и страдања како други не би приметили на њему ту муку и тако постали малодушни, можда чак и очајни, говори о величини човека. Јер, да он није тако одважно стајао на ногама онда када живот отежа (а то неретко бива), него почео да се јада и при најмањем искушењу, зар би његова породица остала здрава и напредна или би се сви, угледавши се на њега, предали судби и допустили јој да чини шта хоће! Овако, бака Наталија је и сама временом очврснула поред њега и научила како се живот носи на раменима.

У природи жене је да буде слаба у неким животним приликама, јер је створена као нежна и крхка па су јој понекад потребни ослонац и заштита. Мушкарац би, опет, постао јако груб и неосетљив да није жене и њене топлине руку и срца. Због тога их Бог браком веже у једно и, чини ми се, тек тада се обоје могу остварити као потпуне личности, јер недостатак једног употпуњује онај други, и нечију, можда наглост карактера, смекшава благост онога са ким кроз живот броди.

Деда задовољно шири руке и, као и увек, љуби ме у потиљак. Говори ми о дужини дана док су чекали да им поново дођем. Каже да ништа није веће од жеље срца нити теже од ишчекивања да се она испуни. Гледа ме својим готово пророчким, дубоким и помало тајанственим очима, и тек се крајем усана осмехује, пресрећан што му је унук, ето, и овога пута, на Васкрс, близу не само срца, већ и на само корак од њега.

„Чедо моје. Сигурно си уморан. Дуг је пут, а путовање није лако. Очекивали смо те. Видиш, трпеза је већ спремна. За нас троје. Наталија, каже, ставићу тањир и за њега, доћи ће он. Имала је право, на радост свих нас. Хајде сине, биће да си гладан, а празник је. Узми кадионицу и помоли се за све нас благодарећи Богу што нам је даровао оволико добара и поново нас окупио. Не чуди се што ћеш овога пута ти учинити оно што сам ја годинама уназад. Ти си мој наследник. Моја крв. Моје продужење на земљи и сведок моје вере. Ево ти и тамјан, све је спремно.”

Ручали смо у тишини, са тек понеком изговореном речи. У старачким очима светлела је блиставојарка светлост и чак нека снажна, не баш тако често виђена, воља за животом. Имали су довољно разлога за срећу у васкршњем дану и било је лако препознати је на њиховим лицима. Ипак, и поред велике радости срца, читаво биће као да готово увек, па и тада када је испуњено и задовољно, увек нешто притиска и мучи. Сумње и страхови. Бол у грудима и многа искушења. Тако су и родитељи моје мајке, већ с вечером, почели скривати своје погледе, ћутећи. И читава та свежина и лепота њихових задовољних лица напрасно је нестала. Деда је штапом, помало нервозно, ударао о под, тек да би прекинуо ту тишину која никоме од нас није пријала. Осетио сам да му душа од нечега страхује и да хоће нешто да ме упита, али не зна како да то учини. Напослетку је дубоко уздахнуо, као неко ко се нечим већ дуго мучи, чврсто ме стегао за руку, желећи да ме тако задржи близу себе, погледао одлучно и равно у лице, и рекао са паузама:

„Сине... Видиш колика је радост што си поново са нама. Обрадуј наша старачка срца и кажи нам да ћеш остати дуже код нас. Много приче и пружање љубави изискују и доста времена. Кажи нам да га имаш. Немој да журиш и овај пут. Остани...”

Осетио сам како му глас подрхтава, јер стрепња да ћу, заузет нечим, једноставно можда већ јутром поћи, стегла му је срце. Устао је и почео да хода по соби. Без неког нарочитог разлога. Изгледао је као да тражи драгу и давно изгубљену ствар коју ће, ето баш сада пронаћи. Трудио се да нам се погледи не сретну, јер у том случају он би већ могао наслутити по мом изразу лица да ли остајем или одлазим. Овако, барем је продужио време свог надања да ће ипак бити онако како му душа изискује. То је у овом тренутку била његова једина потреба и жеља, из велике љубави према мени, никако себичност, која се, притајена, тек у старости код многих открива. А када човек племените нарави у својој простодушности искрено и јачином читавог свог бића зажели нешто што га може усрећити и у души му распалити огањ топлине, чини ми се да на себе привуче све анђелске силе добра чијом се заслугом, на крају, радује, јер добија то што тражи. Ја сам, заиста, већ наредног јутра, рано, требао поћи, али није ме чекало ништа што се није могло одложити, те ја и реших да останем, барем до трећег васкршњег дана. Деда од силног узбуђења и радости није престајао да ме грли. Хтео је још те вечери да се распита о мом животу у свим појединостима, али је, уверивши се још једном да сам прилично уморан од дугог пута, од те намере ипак одустао. Уосталом, сада зна да ће имати и времена за то.

Пришао је икони и прекрстивши се, изговорио кратку молитву. Лице му насмејано, спокојно. Осмехом као да је проширено, свечано и мило. Угасио је кандило и ослањајући се о штап, кренуо ка мени. Ставио ми је руку преко рамена и неодређеног погледа у даљину, на тренутак заустављеног можда и у самој вечности, примети:

„Икона и људи. Између овог двога не би требало да стоји ништа друго изузев једнакости. Видиш како су ликови Светих благи! И како сијају као да је поред њих сами Бог! Ето, томе човек у животу треба да тежи. Лик је сведок, показатељ, огледало душе. Он говори о нама, без речи. Он је та отворена књига у којој други могу прочитати ко смо и какви смо. И ако имамо многа блага, ученост, углед чак, без доброте и мира у себи ништа нам то неће користити. Јер: ’узалуд је човеку ако и читав свет задобије, а души својој науди’! Тај одломак из Јеванђеља си нарочито волео да ти читам. Сумњам да си тада могао да га разумеш. Али, сада сам сигуран да знаш да вреднујеш оно што је у човеку више од било чега другог. Нажалост, има и оних без светиљке у себи. Мртве душе. Пакосни и завидни. Злобни. Окречени гробови. Лукави и претворни. И о таквим је Христос говорио! Његова милост се односи на све људе, без изузетка, па тако и на њих. Зато гледај да никога не осуђујеш ма колико ти се чинило да га је зло узело под своје. Суд је у Бога, а ми треба да испунимо заповести! Ону о љубави са свима, а онда и све друге.”

Потврдно сам само климнуо главом као неко ко се са нечим у потпуности слаже. Он се само благо насмеја, приђе ми ближе, закрсти ме и рече:

„Видиш, ово сам увек чинио док си био дечак. Увек пред спавање. Не знамо ми шта ће нас, можда, искушати чак и у сну. А тада, зар ћемо се сами одбранити? Уопште, без Бога можемо мало тога. Због тога је Крст, у свакој прилици, једини сигуран заштитник. Хајдемо сада, уморан си.”

Нисам престајао да мислим на Марију. А нису нам ни драги људи од којих нас је живот раставио камен па да га подигнемо са земље и тако одбацимо далеко од нас све оно што нас још увек за њих веже. Немогуће је заборавити их иако више нису ту. Уосталом, то би било равно издаји! Сећање на њих и мисао која лако залепрша крилима, увек ће сведочити о нашим великим пријатељима о којим, чудним сплетом оксолности, или због чега већ, не чујемо чак ни речи.

Деда је док смо пили чај, ујутро испод старе липе, приметио промену мог расположења и неку сету у очима. Навикнути на нечију близину, тешко нам је када њега више нема поред нас. Наравно, и овај пут сам му се поверио, очекујући утеху од њега. Мудар савет има већу вредност и значај од много блага.

„Радости моја... Велику љубав међу пријатељима ништа не може ослабити ако је они сами чувају. У то не сумњај. Знам, није лако када душа некога заволи, а онда свако крене на свој пут којим у животу мора проћи. Сигурно се питаш због чега Бог допушта да га прелазимо сами, а не заједно са оним за ким нам срце иде? Видиш, има у томе нечега што ми, у почетку, и не видимо. Када отрпимо, било шта, ми ојачамо! И свако ко мирно подноси искушења, за сав свој труд, биће награђен. Живот је у борби. Дугој и неизвесној. Нимало лакој. Због тога и није све онако како ми желимо. Уосталом, зар је награда без заслуге могућа?

„Љубав је слобода, то знаш. Због тога и ниси покушао да задржиш Марију у својој близини. Да си то учинио, то би већ била твоја себичност! Овако, показао си јој да поштујеш њену жељу, и ваша обострана жртва неће остати непримећена. Временом ћеш разумети и због чега вас је Бог раздвојио. А ако буде требало, срешћете се поново. Веруј у то. Стрпљиво чекај. Сигурно ћете тада имати пуно тога једно другом да кажете. Знај да за све у животу постоји разлог и след по ком се остварује. У своје време, ни пре, ни касније.

„Немогуће је да се било шта догоди тек тако, само од себе. Ни цигла се за земље не може подићи док не дође градитељ који ће је користити, са намером да је негде узида. Мале ствари се покоравају великим. Необорив закон. Бог нам је дао власт над много чим, а Он је изнад свих нас. Људи који све приписују случају, немају веру у Њега. И због тога не могу да се начуде када им се деси нешто чему не виде разлог, а много је тога у животу свакога од нас. Ипак, све је тако једноставно — Бог допушта искушења, кажњава и награђује и за све што му се дешава, ако само хоће, човек може пронаћи одговор управо у томе.

„Тешко си прихватио Маријин одлазак, примећујем. Неким људима је тешко да сакрију своја осећања и оно шта их мучи. То се никако не може сматрати недостатком карактера, као што ни оне који у томе успеју не треба називати лицемерима. Једноставно, њихова борба остаје унутра, у њима, неприметна за друге. Толико је различитости у људи! А, опет, уопште, то је исто. Мука је мука. Само је ми другачије прихватамо. На некима се лако препознаје, на некима не, али то је мање важно, тек тешкоћа остаје и понекад нас не напушта олако. Треба да знаш да патња умудрује, а радост весели срце. Видиш, човеку је потребно обоје! Све у својој мери! Узалуд нам је ревност за неку ствар ако је луда па нам сагори разум. Уопште, све оно што претерано наглашавамо, значи да га немамо довољно у себи. Ово се можда чак може и назвати отвореним лицемерјем, мада мислим да је у питању то вековно човеково незадовољство самим собом због ког се он пред другима показује као неко ко заправо није, скривајући све оно што га и чини несавршеним. Али, чему то? Зар ће му тако бити лакше ако се он сâм не промени? Има и оних што се нечим горде, не знајући да пред друге износе нешто што заправо није њихово, јер углавном је све оно добро у нама пре дар него наша заслуга.

„Чини ми се да се човек свему може научити, ћутању тек никако. Када видиш некога да без даха и много говори о срећи, знај да је дубоко несрећан. И свако ко се расипа свиленим, пажљиво одабраним речима о племенитости, врлинама и добру, знај и да је такав далеко од свега тога! Јер, љубав и све оно што уздиже човека, не потребује да се о њој превише грвори. Онај који испуњава од Бога нам дат закон у свему, обично ћути. Добро не тражи сведока нити гласноговорника. Дела га потврђују! Труди се да живиш тако да не скрећеш превелику пажњу на себе, било чим. Једино тако можеш бити сигуран да све радиш искрено, из срца, јер то људи, нажалост, најтеже примећују.

„Сине, знај и ово — сигурно ћеш још много грешити. Немој да те обесхрабре ове моје речи, али тако је са свима. Нема човека без греха! Некима се чак увуче и у кости. Други, опет, трудећи се успевају да му умногоме затворе прилаз души. Не стојимо увек лицем окренути олтару. Јер, да је тако зар би се ичим упрљали? Окрећемо главу у страну и тражимо у ситним задовољствима смисао свему, а онда, тако презарени, схватимо да смо били у заблуди и изнова се умивамо како би могли поново стати пред Бога. И тако укруг, све до саме смрти. Човек је тај најчудеснији процес који иде неким својим током, увек у борби са самим собом. Немогуће је знати њен коначни исход, јер много је оних што су на само корак од победе, занесени и опијени, неопрезни, пали и тако заувек закопали све оно за шта су се годинама трудили. 'Бдите и стражите', читао си у Јеванђељу. Стражите над собом, над сваком својом мишљу чак! Није мала обавеза стављена пред људе. А треба је испунити. Ето, у томе и јесте величина човека, јер он то може! Буди и ти стражар свога срца и чувај га. Већу вредност од њега ништа нема."

Слушао сам га пажљиво, не проверавајући ни једну његову реч. Поверење отклања сваку сумњу. Још давно сам схватио да је деда некако другачијег кова од осталих и, већ дуго под чекићем страдања, постао је велики карактер. Мудрац широког срца и мисли, затворен у свој круг савести из кога никада није изашао! Одбачен једино од оних што одбацише закон и правду. Светли одраз у времену и траг по коме други могу доћи до свега оног што је важно у животу свакога човека. Ипак, болест је јача и од таквих. Данима је лежао у постељи, борећи се да дође до ваздуха. Тешко му је било чак и да говори, иако је, то сам осетио, желео још много тога да ми каже.

„Сила се тек у немоћи показује савршеном", често је то понављао у последње време и тако као да је наслутио да ће му здравље бити нарушено. Тек у болести живот показује своју пуну вредност и величину, јер се за њега грчевито боримо. И сваки проживљени тренутак тада постаје победа над смрћу. Није роптао. Храбро је подносио болове у плућима и чак се крајем усана осмехивао.

Млад човек теже прихвата своју болест од старца, разумљиво, јер има то „право" на живот у изобиљу па неретко проклиње све када допадне таквог стања. Деда је убрзо почео да искашљује крв и ништа није говорило да ће се опоравити. Напротив, болест се проширила и тако умањила наду да ће преживети. Ипак, потрајало је. Тако сам и ја још дуго остао са њима, бринући да ће, од туге која не познаје меру, и бака оболети.

Увече бих, тек када би после дугог уздисања и уз велике напоре обоје заспали, излазио у варош како бих, барем накратко, мислима дао неки други ток и свежину. Тако сам и Лазара упознао. Висок, забрињавајуће мршавог и бледог лица, увек уредно зачешљане, густе косе и помало одсутног погледа, одавао је утисак некога ко се увек нечим бави, замишљен и за друге не баш увек приступачан. Млад, можда тек неку годину старији од мене, прилично учтив и у разговору ретко пријатан, знао је за кратко време да ме орасположи тако да сам, поред њега, успевао да изађем из своје равне свакодневице, до врха пуне болом и страдањем двоје вољених ми стараца.

Убрзо смо се толико зближили да ме је једне вечери чак позвао да му будем гост. Могао сам готово да јемчим да је ванредно добродушан и благородан, без лукавства у себи и мрских страсти, увек наклоњен добру и свему ономе што иде уз њега. На моје изненађење, ускоро ме је разуверио, али о томе ћу нешто касније. Говорио ми је о својим пријатељима и о томе како се увек састају са истом намером — било да поразговарају о некој књизи, или да неком својом идејом покушају да улепшају и унесу свежину у прилично једноличан варошки живот.

Те вечери, када сам први пут отишао Лазару, упознао сам и њих. Беху то углавном учени, млади људи, са доста знатижеље и тек мало искушеног живота. Приметио сам да углавном сви уживају док говоре другима, и да то чине са нарочитом пажњом, намештајући готово сваку реч. Опет, саговорника су слушали лењо, одсутно и преко сваке мере расејано, тако да ми је одмах постало јасно да им сујета и гордост несметано мрљају карактер. Често су једни друге прекидали, уверени у своју реч и разум. Како би показали да су у праву, често су говорили гласно и, можда чак и са намером, искривљеним нагласком, како би други обратили пажњу на њих.

Већ следећи пут када смо поново сви били на окупу, сасвим неочекивано, један од њих, Никола, упита ме због чега око врата носим крст? Није скривао своје презрење према Светињи, лицемерно се распитујући код мене за значај и снагу крста. Он, каже, зна тек толико да је на њему распет Христос, али у томе не види ништа значајно и вредно великог поштовања. Моја потреба и разлози због којих носим крст, око врата, али и у срцу, њему су били довољни једино за отворени подсмех. Присетих се Христових речи: „Блажени сте када вас срамоте и прогоне и лажући говоре против вас свакојаке речи, због мене”, и тако остадох спокојан. Николи се нисам противио и на увреду сам одговорио ћутањем. Њему је то вероватно засметало, те гневним гласом, надмено и гордо, пред свима ме назва простим човеком који нема довољно разума па још увек верује у „тамо неког Бога” кога учени људи, како сам рече, без двоумљења „сахрањују”. Са овим се и остали сложише и, као по договору, готово у исто време ми се у лице насмејаше.

Лазар је прелазио погледом преко нас као да нас први пут зиди па одмерава сваки покрет руку и сваку изговорену реч. Почео је да крши прсте, јер очигледно му је било нелагодно што је разговор отишао у нежељеном смеру. Ни сâм није хтео да слуша о нечем што га није занимало.

Волео је књиге и као и сваки други занесењак упуштао се да га брод маште понесе куда год би зажелео. Признао ми је да му је свака прича о оним вечитим питањима којима се људи кроз све векове муче, досадна и помало смешна, и, како он каже, живот треба живети, а не размишљати о његовим тајнама, јер је кључ од њих давно изгубљен. Тако човек једино може да сагори здрав разум, трагајући за оним што превазилази његове моћи и снагу воље, и ништа више. Иако се нисам сложио са овим, нисам му одбио своје отворено пријатељство.

Ако сматрате за некога да је племенит и благонаклон (а ја сам у почетку несумњиво веровао да је Лазар управо такав), онда немате разлог да се удаљите од њега само због тога што су вам ставови другачији.

Поштовање нечије личности најбоље показујемо онда када га саслушамо, иако се са том ствари не слажемо. Зар неко полаже право да оспорава другоме слободу да изнесе своју мисао онако како то он хоће, наравно под условом да тиме никога не повређује? Ето, због тога сам и прихватио Лазара, иако сам још у почетку приметио многе различитости у нашем карактеру и поимању живота.

Устао је како би сипао још мало вина свима. Да ли због тога што је хтео да прекине ту несношљиву тишину и осећај непријатности, приметан на многим лицима, тако што ће на било који начин привући пажњу свих нас, или је једноставно заиста био толико неспретан, тек он се саплео и испустио бокал из руку. Никола је гласно негодовао, жалећи за просутим вином. Осталим је ово било чак врло забавно тако да им се и расположење напрасно променило. Изгледало је као да ће се то вече завршити уз осмехе и добронамерне шале, али Никола је, пре свих, још једном отворено показао своју злу вољу према мени тако што је наставио да ме вређа, исмевајући моју веру.

„Лазаре, не пазиш довољно. Просуо си крв Христову на под. Више те ништа не може спасити од вечне осуде. Ипак, пакао није место самоће и зато не брини. Јемчим да и тамо има доброг вина и још боље забаве. Ето, питај и свог новог пријатеља шта мисли о томе, он то сигурно зна више од свих нас заједно.”

Похулио је на Светињу. Исмејао Христову проливену крв за спасење свакога човека. На његове безумне речи сви се гласно и подругљиво засмејаше, чак и Лазар! Називали су ме „тајновидцем” и великим пророком, „одмах уз Христа”. Омамљени испијеним вином нису престајали да ме понижавају. У томе не налазим ништа чудно, јер откако је човека он има ту неразумну жељу да другоме науди на било који начин. Љубав му једино корист може донети, што се никако не може рећи за мржњу, али он ипак понекад радије служи злу неголи добру и то је његова највећа срамота! Откуд толика гордост и слепило разума у човеку да тако бестидно хули на оно што је одувек било Свето? И зар неко мисли да ће се вековни закон променити, а он тако остати без заслужене казне? Нико није устао на Бога, а да након тога није пао у прашину својих прљавих корака! Не, јер би у противном повукао и многе друге за собом!

Ћутао сам. Да сам неким случајем стао у одбрану својих уверења, био бих само још више исмеван и нападан ни за шта, јер има оних који једноставно не желе да чују другачију мисао од њихове. Овако, допустио сам свим тим људима, које једва да сам и познавао, да изнесу талог из своје душе. Лице им се понекад толико грчило од гнева и срџбе да сам помислио да би се неки од њих сложили са тим да људима попут мене не треба оставити простора нити било чега другог потребног за живот, већ их једноставно треба „уклонити" негде, јер су им идеје „отровне" и назадне, вређају здрав разум и шта већ још. И све то због чега? Зар човек може бити у толикој мери горд да све оне који другачије мисле осуди на понижење, не схватајући да греши и да тако чини злочин над њима? Тим претерано и безразложно поноситим људима сујета не дозвољава да ураде било шта што је испод „њихове части", па све оне смирене и послушне који чине све што је до њих и што могу, не стидећи се ничега до греха, осуде као некога ко нема ауторитет нити карактер па се стога понижавају радећи „оно што није достојно човека". Када су из моје приче са Лазарем сазнали да повремено, колико ми то дедина болест допусти, радим као шегрт у једној од столарских радионица у вароши, тако помажући њега и баку, гледали су на мене са, чини ми се, још већим презрењем. То је за њих било испод части, а моја слабост и болећивост према старим људима који страдају и којима је потребна утеха, без обзира што смо, и поред свега осталог што човека обавезује на милосрђе, чак и иста крв! О жртви за друге, саосећању са онима који пате, о племенитости и човекољубљу, нису желели чак ни да говоре. Све је то готово замрло у њиховој души.

Николи је било нарочито задовољство да те вечери као обузет силом мржње (њу је тешко притајити и због тога се напрасно и отела контроли), говори против свега оног што је за мене било велико и Свето. Тако, чувши да сам столарски помоћник, подругљиво примети:

„Негде сам чуо да је и Христос био столар. Видим, ти си баш решен да Га следиш.”

Није хтео да каже да зна да је Исус био дрводеља, јер је то за њега био стид и можда чак „увреда разума”, па је говорио тек тако, успутно, као онај ко је тек нешто начуо о Њему. Вековима су се многе душе, још за живота, уздигле до великих висина, познавајући Га и Његову науку о љубави и праштању, а он се, ето, тога чак стиди! И све то да би остао доследан идеји коју је делио са својим пријатељима — о томе како је човек једина мера и закон свему, иако је Николи, као и сваком другом уосталом (у то сам готово уверен) Јеванђеље ипак близу срца. Ето колико човек може самом себи нанети штете.

И овај пут одобравање и подсмех свих. Гледали су ме равно у лице, дрско и као они који имају власт над другим човеком. Њихова игра на струни греха се продужила. Подсмевали су се свему ономе што сами нису имали. То им је чак било и забавно. Вређали су ме, без милости. Лазар је, прећуткујући, све то одобравао.

Ма колико се трудили да разумемо нечије поступке и све оно у човеку што им претходи, не успевамо баш увек у томе. Јер, како бих ја то могао учинити у овом случају? Не треба ономе ко не жели да чује реч спасења упорно говорити о томе, јер такви обично почну да хуле. Али, за тако нешто не треба да имамо оправдања, чак напротив! Када човек учини рђаву ствар из незнања, једно је, а ако за то има намеру, нешто је сасвим друго. Никола је знао за Христа, али Га је срцем и устима изнова разапињао. Умртвљена душа тражила је то од њега, иако сам потпуно уверен да и такви људи у дубини свог бића чезну за истином.

Накратко је стајао као укочен. А онда, као да му се сва крв слила у лице, поцрвенео је од беса и почео да виче:

„До врага, Лазаре. Овај човек нам је покварио читаво вече. Ако и сутра буде овде, на мене не рачунајте!”

Љутио се као лењивац кога су изнели из меканог дивана и ставили на даске да спава. Расејано гледа са одлуталом мишљу и зле воље. Лазар му нешто говори, али он га и не чује. Срџба га доводи готово до лудила.

Његова несређеност душе претила је да ће свакога часа потпуно гуши, ту наочиглед свих нас. Почео је да прича неразумљиво и неповезано, тек за себе, са неком претњом у гласу од које ме је подилазила језа и некакав ужас. Коначно, окренуо се према мени, заједљиво ме назвао „лутајућим човеком који не зна за свој циљ", махнуо руком свима и залупио вратима.

Лазар је неуспешно покушао да га врати. А онда је, на моје чудо и велико изненађење, измењеним, за мене непознатим гласом, повикао, не скидајући свој помало застрашујући поглед са мене:

„Претерујеш! Коме је још стало до твојих уверења? Ко о томе још жели да слуша? Видиш, ми не! Ако хоћеш пријатељство са нама, ти се промени. Разумеш? Зар ти заиста у Христа верујеш? Мислио сам да си ученији, пријатељу."

Као ноктима загребао ми је душу својим речима. Нисам очекивао да ће ме чак и он овако понизити. А нисам хтео ни да му прећутим, подозревајући његово лицемерје:

„Опрости, Лазаре, али ја не сматрам Божје противнике својим пријатељима. Човек од става и врлина увек је на страни правде и истине, и радо ће их посведочити. Вређан сам ни за шта. Поруган. Ћутао си тада. Сада ме још и окривљујеш. Засметала је и теби моја вера. Кажи ми за своју ако је имаш, али што дираш у туђу? Зашто ти она смета? Увредих ли ја вас било чиме вечерас? А оћутао сам толика понижења! Добро је једино то што си коначно показао своју личност, онаквом каква она заправо јесте! Збогом."

Изашао сам, не окрећући се за собом. Уосталом, шта човек може да види тамо одакле једноставно пожели да побегне? Ходао сам брзо и дугим корацима, као да сам тако могао побећи од те немиле вечери. Размишљао сам о томе како је тешко упознати другога и колико пута нас мисао о њему завара. Мада, зар можемо знати о другоме ако чак и о себи тако мало знамо? Или је то можда још и најтеже?

Трудио сам се да разумем због чега нам живот понекад не нуди могућност да бирамо, већ нас једноставно гура тамо где хоће? Са Маријом сам имао готово све, а онда сам упознао Лазара и његове пријатеље. Ето, свршило се и то, нимало пријатно. Разоткривено лицемерје, у било чему, оставља за собом најдубље ране. Признајем, било ми је тешко. Увек је тако када идете другоме у сусрет са племенитом мишљу, а врати вам се сасвим другачије. Ипак, у томе се покаже величина трпљења. Снага у човеку, које до тада, можда, и није био свестан.

Још издалека приметио сам да су у дединој кући, на самом крају вароши, упаљена сва светла, иако је одвећ било касно. Ма колико се трудио, нисам успео да се ослободим слутње да се догодила несрећа. Нажалост, та моја зебња била је оправдана.

Деда је лежао у кревету, обузет грозницом. Готово му је умртвила сваки нерв, тако да није имао снаге чак ни очи да држи отворене. Кашљао је дубоко и суво, из плућа. Борио се за ваздух и још мало живота. Болест је као рђа и брзо се прошири. Тело му је било непомично и као клиновима приковано за постељу. Једино би силно уздрхтало тек када би мишићи, ослабљени болешћу, почели да се грче. Са напором што превазилази могућности чак и здравог човека, некако му је полазило за руком да изговори и понеку реч, и тако се распита о мени, где сам то и што ме још увек нема? Бака је сузних очију и изгребаног срца, немоћна да било шта промени, бдила над њим, очекивајући ме да се вратим из вароши.

Пао сам на колена покрај дедине постеље и чврсто га стегао, иако сам добро знао да га тако не могу задржати. Гледао сам како га рука смрти све јаче притиска, жељан да неким чудом оздрави, али без могућности да и сам будем део тог чуда. Прешао је језиком преко сувих усана и са великом љубављу и жељом срца што чак и немоћ побеђује, барем накратко, почео да изговара своје последње речи:

„Сине мој! Чувај се онога што је скривено у другима. То нас лако може повредити. Клони се пустих душа. Веруј најпре Богу, тек онда човеку, јер он ће те понекад и издати. Понизити. Чак желети власт над тобом. Неразумност људска. Дубока као бунар. Вртоглава. Живи тако да лицем увек можеш погледати у свакога. А моћи ћеш једино ако у тебе не буде рђавих дела која обично, постиђени, хоћемо сакрити. Велики је Бог, а ми само зрно пиринча у пространом, непрегледном пољу. Зато и не покушавај да сазнаш за Његов Суд! То остави Њему. Уосталом, пред Судом ћемо сви стајати! Оборене или уздигнуте главе. Посрамљени или прослављени! А до тада, никоме не суди! Не кради Божји ’занат’. На себе пази. Испитуј и прекоревај тог старог човека што још увек живи у теби. Нека боли. Тако се једино можемо исправити, постајући карактерни. Закон дат од Бога стално изнова учи. И испуни! Залуд је мудра глава ако руке нису пуне добрих дела. Моли се. И веруј.”

Хтео сам много тога да га упитам. За све више није било времена. Није хтело да сачека. Оно увек некуда жури и никада се не враћа.

„Кажи ми, имаш ли страх од смрти?”

„Чедо моје. Плашим се једино какав ћу одговор дати на Христовом Суду за све оно што сам могао и требао учинити, а нисам, и за оно што сам урадио, а нисам смео. За живота има и једног и другог. Тако је са човеком. Бог нека те чува. И од свега заштити.”

Од њега више нико није могао чути ни речи. Има људи којима из уста истиче суво злато, а он је био један од њих. Упокојио се мирно, благословећи своју крв. Ни бака није још дуго поживела. Да ли због њихове неизмерне љубави, Божје милости како она не би патила због смрти вољеног јој супруга или чега већ другог, тек и она је поживела мало времена после њега. Остао сам сам. Први пут у животу нисам био одлучан у томе куда бих то могао кренути? Коначно, реших да се вратим у своју варош. Тамо где сам Марију видео последњи пут.

Мало тога се променило од мог одласка. Људи, чини ми се, најмање. Реших да одмах пођем у Саборну цркву. Одавно у њој нисам био. Тамо смо се заједно молили онај дан. Раширених руку и не мало узбуђена што ме види, стајала је на вратима. Марија, пријатељ и круна мог живота. Зелени венац читавог мог бића. Требало ми је времена да схватим да чврсто стојим на тлу и да је она заиста поново ту, близу мене. Заувек овај пут, хоћу у то да верујем.

ХЛЕБ ЖИВОТА

Трагови широких стопала на мокром, земљаном путу. Неко је јутрос њиме прошао. Некуда... Бачен хлеб. Нагажен. Од ватре румен и свеж. Нечијим трудом пред свитање испечен. Знојем у пољу накапан. Од Бога измољен и дарован. Сладак и Свет. Тако су нас барем стари учили. Њиме нас од колевке одвојили. Ојачали, и ми смо сабирали жито и у снопље га везивали. Радовали се жетви. Прослављали Бога што нам је дао добре плодове. А сада, на кори хлеба је траг нечијег стопала. Некоме се жури. И није га зуб савести угризао за срце што је прегазио нечији живот, јер, многе руке раширене ка Светим небесима траже само једно — да имају хлеба како би сурова глад од њих отишла. Заморила их је. Устрашила.

Куда може водити пут када они што њиме пролазе не поштују светињу и вољно је изједначују са свим оним што то није?! Где нема разума да се добро од зла растави и прослави, може ли бити и мира, напретка у познању љубави Божје?

Исак не мари за то. Њега то не занима. Погнута глава која тражи милост и опроштај грехова, за њега је само слабост човека, а живот по, од Христа нам датим заповестима, пуко залудничење. Треба стицати, до богатства некако доћи. Није битно како. Телу угодити. Тако је он размишљао. Својим разузданим прохтевима је служио. И све оно што човека морално опомиње сматрао је само људском измишљотином. Савест у њему готово да је и замрла. Ствар је таквима изнад онога ко ју је створио, вреднија и скупља. Њу прецењују, а човека тако понижавају и потцењују! Па како онда да види нажуљане душе ближњих када му срце остаје хладно и без љубави, притиснуто тим богатством што пролази — њему је постао роб, слуга мртвог господара. Заборавио је да нема ни човека онда када престане да воли!

Јаков се ослања рукама на два штапа. Један му већ одавно није довољан. Хода тешко. Тако и болује. Није му то једина мука. Зло не зна за скромност и радо прождире. Незасито и увек похлепно. Испружио би руку ка нечијој милости, али она се, као везана, не да померити. Ако и успе бар мало да је одвоји од штапа, брзо је, губећи ослонац и сигурност корака, враћа. Тихим гласом, једва чујно, тражи милостињу. Стид га је! Али, зна да то и овај пут мора учинити. Глад не прашта! И не бира. Она гони, тера човека да погази понос, достојанство и срамоту.

Очи су му замагљене. Уста од хладноће скупљена. Дотрајали, танак капут, тек му мало одржава топлоту изнемоглог тела. Не миче се. Само се нада. Верује да расцветала башта племенитости барем још код неких није остала поплављена себичношћу и гордим величањем свога имена због чега друге и не видимо.

Прилази му Исак и у бесу силно удара чизмом о тло. Колено му поклекну и он, стежући зубе, искриви лице од бола. Псује Јакова, јер, каже, бескућнике више не може да гледа. Њима је сва „кривица" у томе што немају где да крену нити да остану и што су ту, међу људима чијом милошћу дочекују нова јутра.

Тежак усуд! Нежељен. Наметнут. Исак о томе и не размишља. Виче као ван себе, притиснут тешком руком неправедног гнева и добацује, пролазећи поред немоћног човека, да је на путу, мало ниже, остао хлеб којим се пси могу нахранити. Заједљиво се смеје, као да је Јакову мало муке, па му је још и он товари на леђа. Црн у лицу од своје лудости, наједанпут застаје и као онај ко се нечег врло битног досети, окрену се према Јакову и пљуну! Зар га је могао више понизити? Чврсто још једном стегну зубе, а онда љутито рече:

„Неки нису заслужни живота. Ниси ни ти старче. Од вас таквих свет је постао врло ружан. Прљав си и неугледан. Губи се одавде!"

Јаков само смерно спусти главу, претрнуо од страха и грубости Исакових речи. Чисто срце не осуђује. Оно радије свима и све опрости. Са болом у ногама, тешко и споро, полази не би ли нашао хлеб, бачен на путу. Сурова судбина, али он не плаче над њом. Живот му крши кости и меље зглобове, а он стоји над њим пркосно. Неочекивана снага у болном, још давно оседелом старчићу. Жеља да устане у освит још неког јутра побеђује све. Болест и муку. Патњу и страхове. Свако понижење. Чак и саму долазећу смрт. У њу и не верује! Каже, када му она стане на хаљину живота, он ће се некако већ из ње извући. Тек њему самом не може нашкодити, ако је за све ове године имао доброчинстава, а било их је много. Разумни и скромни људи о њима ћуте. Она им дају снагу и одважност да се носе са свим искушењима и напослетку се и самој смрти насмеју у лице, јер, добротом су је победили! Делима љубави и испуњењем Очеве вољe.

Све чешће застајкује. Велики труд најпре му је узео снагу, а онда и здравље. Не жали ни за једним ни за другим. Зна да временом остављају човека и да их он не може увек носити са собом као најдрагоценији бисер ма куда да пође. А оно што једино и заувек остаје и што увек превагне на теразијама вредности, ма шта ставили са друге стране, чува у свилу умотано и негује. Бди над њим како никада не би изгубило сјај, драгоценији од старог злата. Душа! Чиста као планински извор и свежа као јутарња роса. Блистава као небо над освећеном водом Јордана. Чуварка свих тајни и жеља. Печат љубави. Украс врлинских људи. Бесмртна, а код неких чак и Света!

Подиже очи ка ниско спуштеним, вуненим и готово нестварно лепим облацима, одмахује главом и у заносу, радосно, задовољан славослови:

„Велика су дела твоја, Господе, све си Премудрошћу створио.”

Окреће се ка истоку и наклонивши се поздравља нејако зимско сунце које га, то добро зна, не може угрејати, али му увек унесе неку нову надану радост и жељени мир. Не скида поглед са, на местима подеране, небеске завесе и сиве вуне под њом. Опомиње се да је човекова душа, ипак, преко сваке времене лепоте, јер она управо и сабира сву красоту у себе. Зашто је онда неки немаром начине трновитом и запуштеном? И онда је такву, стидно скривају од других, иако нема веће радости од оне када се душе срећу и заволе. Зар обезвредити такву почаст, даровану једино човеку? Негде преко брда, на неколико дана хода одавде, ударио брат на брата. Новорођени Каин на благочестивог Авеља. Као да нема краја људском неразуму и зависти, јер управо од њих и искорачују сви сукоби и жалости.

Старац дубоко уздише над избором оних што гордо не допустише да им Христова љубав оплемени срце па им се, уз смену дана и ноћи, смењује и пакост и кривоклетство у срцу. Лаж и мржња. Бешчашће и луда сујета. Јаков, иако наизглед ништа нема, добио је све. Читав један свет. И широку душу што осећа туђи промашај као свој и плаче над њим, дубоко се жалостећи што такви неће ни да чују за поуку, преко мере обмануту и горди. Над таквим се он ноћима молитвено узноси. Куца на врата Престола Царства Небеског како нико не би остао у његовом предворју. Једино велика љубав не гледа ко је ко, већ свима жели добро и спасење. Старац је носи у себи, у недрима, као најблиставији драгуљ.

Корача лагано и опрезно. Ноге му отежале. Болне. Кожа на рукама од хладноће испуцала. Сува и модра. Старачки задебљала. Лице испошћено. Мршаво и готово у кости упало. Ипак, срце му се радује, а уста блажено и без престанка смеју. Већ је и заборавио на онај непријатни сусрет са Исаком. Очи, иако од болести сузне и замагљене, сијају надањем и тврдом вером. А унутра, у ковчегу душе, разасуте многе врлине и благодатни дарови. Небројени. Велики је ово човек. Трпељив. Мудар. Витез живота.

Тешко и мучно се сагиње. Нада се да га бол у леђима неће спречити да се придигне. Узима одбачени хлеб и опрезно се усправља. Крајем капута скида трагове стопала са њега, тихо се молећи да Бог опрости и ономе ко је хлеб бацио, и ономе ко га је угазио. Крсти се и скроман, захваљује Господу што га ни данас није оставио гладног. То што је хлеб био на путу њему не смета. Сваки је Свет и на добро нам дарован! У својој лудости, човек то добро одбаци. Вади Јеванђеље и отвара га на страници где стоји записано:

„Тада Исуса одведе Дух у пустињу да га ђаво куша. И постивши дана четрдесет и ноћи четрдесет, напослетку огладни. И приступи к њему кушач и рече:

'Ако си Син Божји, реци да камење ово постану хлебови'.

А Он одговори и рече:

'Писано је: Не живи човек о самом хлебу, но о свакој речи која излази из уста Божјих'.“

Застаде мало па окренувши неколико листова, гласно продужи да чита:

„Не сабирајте себи богатство на земљи, где мољац и рђа квари, и где лопови поткопавају и краду, него сабирајте себи богатство на небу, где ни мољац ни рђа не квари, и где лопови не поткопавају и не краду. Јер, где је богатство ваше, онде ће бити и срце ваше.“

И још:

„Не брините се душом својом, шта ћете пити; ни телом својим у шта ћете се оденути. Није ли душа претежнија од хране, и тело од одела? Погледајте на птице небеске како не сију, нити жању, ни сабирају у житнице; па Отац ваш небески храни их. Нисте ли ви много претежнији од њих?“

Затвори Јеванђеље и дунувши, обриса искрзале, дотрајале корице. Од честог читања и листови су почели да се одвајају. Врати га у дубок и не много подеран џеп, прекрсти се још једном и стаде размишљати о ономе на шта га је сами Бог упутио да прочита. Често је отварао Нови Завет баш на оном месту одакле је Господ хтео да га поучи, зависно од искушења у ком би се нашао.

„Христос је, дуго постивши, огладнео. Ономе ко је бацио хлеб на пут, био је сувишан. Да је и он своје тело постом намучио, не би тако поступио, јер би знао шта он значи гладном човеку. Овако, наситивши се, презрео га је и одбацио. Велика је мудрост сећати се дана невоља и немаштине како се човек никада и ничим не би узносио. Напослетку, изобиље може бити замењено сиромаштвом услед нашег немара, незаситости, похлепе и незадовољства оним што имамо. Све има своју цену и то никада не смемо заборавити, ма колико нам се живот учинио лагодним, јер још сутра све може кренути наопако и пропасти бесповратно. Обично тако и бива, као казна за наше неблагодарење. Ђаво куша Христа како би камење претворио у хлебове. Још тада је могао свету објавити своје божанство чинећи чудо. Али, Он то није хтео! Није, како би нас поучио да не живимо само хлебом већ и Духом, сваком мудрошћу, проучавањем и испуњавањем Божјег закона. Ко би од нас одбио да се гладан насити како би другога нечему поучио? Али, не. Ми не само да нисмо спремни да отрпимо због користи својих ближњих, слаби и у искушењима попустљиви, већ, окусивши добра почињемо се њима расипати, заборавши њихову вредност, па, ето и хлеб одбацујемо од себе под нечије стопало што ће га угазити. А Христа треба да следимо! Где су они који би и гладовали због добра и поуке другима? Готово да их нема. Свуда само надимање стомака и раширена уста, увек спремна да мудрују по свом, а не онако како нам је Бог предао и заповедио. Речено је да не сабирамо богатство на земљи, јер оно пропада и од њега остаје само прашина коју ће ветар смрти развејати тако да му ни трага не остане. Када је већ тако због чега газимо преко костију других како би гомилали нешто што неће заувек остати наше, тако кршећи најважнију заповест — ону о љубави са свима! Ко још сабира себи богатство на небу, када је мало оних што искорачују мислима ка њему? Ни ову заповест не испуњавамо, јер се бринемо о сваком дану посебно, тек никако о читавој вечности и због тога смо увек у страху да ли ћемо се и у шта оденути са освитом новог јутра, а не да ли ћемо га уопште и дочекати. Гордост људска уједа попут бесног псета наговарајући човека да све може и треба уредити својим разумом. Отуда и многе бриге, јер све хоћемо сами и по свом, онако како се то нама чини да је ваљано. Нисмо ли требали све невоље положити пред Христа и тако се ослободити товара који нам савија леђа. Не можемо ми ништа учинити боље од Њега за нас саме, јер Он нас воли више него ми себе! А где је наша љубав? Где су дела покајања? Где је жртва којом су и небеса окићена? Трпљење, опраштање и разум!”

Јаков се одувек питао. Ипак, ма колико се трудио није успевао да схвати због чега човек чешће стоји у сенци својих грехова уместо да изађе на светлост врлина којим се душа радује. И поред свега, болела га је судбина свакога човека, јер веровао је да у свима нама има доброте, правдољубља и милосрђа, ма колико нам дела била рђава. Никога није кривио. Није судио. Жалостио се када би му неко нанео зло, јер знао је да таквог човека који може другога да повреди, да му нанесе бол и да му пожели пропаст, мучи ђаво, повлачећи му конце живота онако како то он хоће. Због тога је сажаљевао чак и највећег грешника, никада га не оптужујући за његов преступ. Било му је тешко да гледа вином опијеног младића како у безумљу свом хули на Бога, тужећи Га за своју пропаст, и многе друге невољнике што су слабошћу својом пали, а онда погнули главу стидећи се својих грехова, неретко и очајавајући. Такви су дуго остајали у неком чудном надмудривању са собом, скривајући се од Бога, како би, на крају, осетивши жуч покајања, опет могли лицем стајати окренути Истоку милости, Који свима опрашта. Знао је добро за јачину боли коју осећа душа намучена поразима, кривим путевима, напослетку и страдањем, немоћна да било шта сама промени. Због тога је волео свакога човека и свачију патњу осећао као жар на својим грудима. Бити милостив према другоме, боловати његову бол, намучити се туђом муком, али и радовати се његовој срећи подједнако као и он сâм — то могу само они који су љубави широм отворили капије, имајући је за свакога. Јаков је такав, али људи тешко успевају да га виде изнутра и завире у дубину његовог бића. Због тога га многи прогоне, јер у њему не виде ништа више од бескућника што данима, као сенка, изнемогло и са тешкоћом корача пред њима. Мало је оних који знају његову муку, пре него живот, јер га је мало за себе имао. Трпео је од многих, испљуван, гажен и исмеван. Раскрварене душе и нагњеченог читавог бића.

Као дечак знао је сатима да трчи пољем, увек насмејан и добре воље. Препланулог лица ширио је руке ка сунцу, искрено се радујући лепоти јутра које се увек другачије открива. Непоновљиво. Било је нечега у њему што га је гонило да ноћима остаје будан, ослоњене главе на уморне дланове, и да кришом, кроз прозор, остаје загледан готово до свитања у небо што гори немирним звездама. Рањиве душе која саосећа са свима, често се скривао у своју клет и тамо плакао, трудећи се да нико не види његове сузе, али не због тога што су му неретко говорили — да мушкарац себи једноставно никада не сме да допусти да заплаче! Не. Крио је од других расположења свог бића, научен да човек, када одрасте, може готово све да злоупотреби и безразложно исмеје. Наравно, никада се није могао сложити са речима да су мушкарцу сузе забрањене и срамне и држао је да се у њима пре може видети људски неразумни „закон”, жеља, а не истина, јер сви они који тако говоре, ако и мисле тако, сигурно се тога не придржавају баш увек. Забога, па нема баш никога ко за живота није зајецао, јер је то једно од природних стања душе. Ко је тај што може забранити срцу нешто што је у њему самом, и што пре или касније једноставно мора изнети из себе? Неки се, можда, стиде својих суза па о њима никако и не говоре, а ако то ипак и учине, обично је то неискрено, јер многи држе да је суза слабост, а не ланена крпа, којом се греси са душе отиру.

Јаков је још давно себи поставио мало правило великих људи и њега се држао — треба назвати све ствари правим именом и у томе бити искрен. То не сме да нас постиди. Нека заболи, нека мач, ако већ мора, прободе душу. Јер, у супротном, живот постаје обмана, а ми сами собом заварани. На крају, ипак сви признају и посведоче да су се скривали од истине. Зашто онда годинама живети не поштујући себе казивањем лажи и заваравајући се?

Искреност је вредна, због тога и скупа. И свако ко је држи треба да зна да за њу мора платити пуну цену и много тога отрпети. Ову неправду, као и све друге уосталом, људи су измислили и наметнули је другима, јер многи су се радије одлучили за онај лакши пут што води равно у пропаст, неголи за онај на ком је пуно крви, зноја, поруге и муке, трња, што загребе до дна душе, али на крају донесе онај стоструки род — рајске руже у Царству Небеском. Јаков је корачао том стазом и чврсто се држао свега оног што стоји у истини и на јаким темељима, ма колико да се због њега страда. Можда је због свега овог и остао несхваћен читавог свог живота. Заиста, није било никога ко је могао, или барем хтео да покуша да разуме ту искреност и рањивост његовог дивног бића. Људи, уколико вас не схвате, и ако не живите онако како они мисле да треба (а обично су то животи препуни злочина и скривених грехова), лако ће вам, и то с намером стати на рану, што већ изобилно крвари. Знао је све то, али остао је непоколебљив. У једној руци држао је истину, излистану у Јеванђеље, а у другој дела доброте и правичности. Тако је бродио кроз житејске теснаце, не страхујући ни од чега. Био је ванредно спокојан, јер знао је ко му је Крманош. Њему веровао.

Рођење Христово носи са собом дане радости, измирења са свима, опраштања. Јаков памти сваки Божић у дому својих родитеља. Са уношењем бадњака, уместо светлости и рађања нових нада, најпре би хладан мук запретио и окаменио лице недужном дечаку, да би се, док небо до дубоко у ноћ празнује, све завршило на свађи његових родитеља са доста увредљивих речи. Њих је тешко, готово немогуће заборавити. Оне остају заувек и увек сенче слику онога ко их је изговорио. И све то на Божић! Тако увек. Из године у годину.

Повлачио се у своју собу, тражећи тамо мир када већ очекивану радост коју у тој ноћи, чинило му се, читава васељена несебично дели, није добио. Упалио би свеће, отворио Јеванђеље на место где је описано рађање нове Наде и Спасења у свету, и читао. Не задуго, јер би га убрзо горчина суза готово угушила. Тешко је подносио то што је место весеља и среће, чини се неповратно, заузела неслога и срџба и то баш увек на Божић. Помраченог разума од свађе што крила душе везује у клупко, Симон и Јелисавета, његови отац и мајка, никада нису приметили да им син због тога пати. Молио се Богу да им умири срца и просветли ум. Никада им није замерио. Једноставно, никоме није злопамтио.

Оженио се рано, али кога то још љубав пита за време? И чије срце би је одбило са свог прага а да је, макар и накратко, не пусти унутра? Када млад човек заволи, искрено и чедно, чини се да силином својих племенитих осећања може и горе разместити. Наравно, по природи ствари, скроман број лета носи уза себе и скромност у стрпљењу, и то је управо и био разлог Јаковљеве неодложне жеље да се жени без било каквог даљег оклевања. Мислио је да ће тако заувек остати са Саром, јер по његовом уверењу, наслеђеном од старих — брак се рађа само једном, и то по правилу из љубави, трудом израста у најлепши цвет кога треба неговати сваки дан, а не прекида се никада, јер је пред Богом дат завет и тако постао Светиња! Сару је волео, неретко јој, без даха, показујући своју верност и љубав. Ватру жртвених осећања. Чинило му се да искреност брачног живота ништа не може надвладати, ма колико искушења да ојачају. Таква безазлена вера могла се родити једино у срцу које не страхује чак ни од страдања толико, колико од могућег растанка од онога кога воли, па макар то било и само на један дан. Када волите снажно, не скривајући расположења свог бића, желите да је онај коме душом припадате увек ту. И заувек. Веровао је Сари и својој мисли да ће у браку са њом имати све оно чега у његовој породици није било, иако је он то пламено хтео.

Наизглед, све је испочетка било добро, чак савршено за људско поимање ствари. Али, ко то још може са сигурношћу знати шта све само један човек може носити у себи, када се понекад и сами себе постидимо, изневеривши ону добрсту на коју су се и други лако навикли. И има ли некога да се никада није осетио туђином, стојећи пред самим собом? Па како онда можемо заронити у дубину нечијег бића и у потпуности га разумети, ако сами себе понекад не можемо препознати!

Прво заједничко Бадње вече са Саром остаће дубоко и болно утиснуто у његову душу, навикнуту да пати, као оштро сечиво у загнојену рану. Ма колико да се трудио није могао а да се не присети свих тих година што су, надао се заувек, остале иза њега, када се, неким чудним, неподношљивим и никако разумљивим сплетом околности, увек о празнику Христовог рођења, срце грчило уместо да се радује. Тешко је када вам га неко уклешти између два клина док оно, најзад, не искрвари. Облак туге што мрви нерве, толико ниско се спуштао да је било готово немогуће носити га на глави. Никада није могао да прихвати (а ко би то и могао) то да је уместо радости, када се и небо весело надглашава са земљом, у дом његових родитеља зашао немир и нека тешка празнина од које човек лако може да оболи. Надао се да ће барем са Саром све бити другачије. Да ће са њом осетити сву топлину и срећу на тај, за њега велики дан.

Са заласком сунца унео је храстову грану у њихов скроман, али заједнички дом. Када човек изгради и подели нешто са другим, зар је битно ако се оно и зачело у сиромаштву? Ту стида нема. Залуд су простране одаје са раскошним драперијама и сребрним оковима око прозора ако љубави нема! Опет, и једноставно, јефтино намештена соба, без детаља од којих очи радознало застају на сваком од њих, довољна је за читав један живот. Живот у изобиљу! Живот вреднији од свег злата које човек може стећи.

Лице му је светлело од великог узбуђења и радости. Блажено се смешио, тражећи најсвечаније место у малој, гостинској соби, где би ставио бадњак. Разлистан. У зору убран. Износи све иконе и пажљиво их ставља са свих страна. Поред сваке прилаже свећу. На поду разасута слама подсећа на Христово смирење да се роди у јаслама. Трудио се да све удеси тако да указује на слављe и радост. На свечано и дуго очекивано, светло и поновно рађање Христа у њиховим срцима. Угасио је сва светла. Упалио кандило и много свећа. Бела светлост, мекана као свила, излила се по читавој соби. Било је пријатно на њој читати Божићни тропар и молитве испуњене радошћу. Окадио је најпре празничну икону и бадњак. Замирисало је на вечност. Све је чинио са толиком вером и искреношћу да је на тренутке осећао величину тајанствености Витлејемске пећине и „гледао” како се Бог у телу рађа.

Ставио је вино и три чаше на сто, иако никога те вечери нису очекивали. Моли се за Сару. За њено крепко здравље, добру наду и још бољу срећу. За чедо које би им уveselило срца. И крв продужило. Њихову љубав потврдило. Због тога је и сипао три чаше вина, верујући да ће из једне од њих, када одрасте, пити њихов син. Или кћер. Свеједно. У великој, племенитој жељи човек понекад и претера, али због тога му не треба замерати. Искрена хтења једино могу да пробуде оно незлобиво дете што је давно заспало у нашим недрима.

Сара неочекивано равнодушно гледа у Јакова и чак се неприлично смеје. Устаје, отвара врата, правдајући се како јој смета мирис тамјана. Немирно маше рукама испред себе како би кâд што пре изашао. Очи јој мутне, чак помало злобне. Он је такву не зна. И то лице, намрштено и оштро... зар је то оно исто што га је уз осмех увек из сна подизало? Подиже прст претећи и гласно повика:

„Чему све ово? Шта треба да значе све ове свеће и угашено светло? Ако теби то прија, мени не. Ја сам навикнута да други угађају мени, а не ја њима. Нећу ништа да трпим, разумеш ли? Тек никако овако нешто. Мени је то ванредно смешно. Ко то још разуман верује у шта друго до у себе? Сами управљамо приликама и једино човек има ту снагу да промени било шта. Зар да верујем у некакву помоћ одозго? Свише? Изгледа да једино још теби није јасно да тамо никога нема. И ничега. Човек је, само ако за то има времена, спреман да се поигра са својом уобразиљом и чак затражи од других да поверују у његове измишљотине. Бога нема! Никада га није ни било! И доста више с тим!”

Трудио се да остане миран и поред свих тих речи што су му у Сари показале некога кога његова душа није познавала. Чудно је то са коликим умећем неки људи могу сакрити од других своје наличје. Такви правог лица и немају. Истина, у свима нама има ковитлавих мисли и разузданих жеља, али трудом да их у себи угуши, човек се оправда пред Богом, самим собом и људима. Јер, докле год човек одлучно устаје против оне таме у дубини свог бића, а у одбрану свих својих убеђења којим другима само радост можемо донети, а никако озледу, он руководи собом и необично је благ и опрезан према ближњим како их ничим не би повредио. Сара је губила ту борбу срца, витешки рат душе против жила страсти. А када оне изађу кроз речи упућене другоме, дешавају се различити удеси. Сваће. Кривоклетства и лажи. Браколомства. Унижења ближњег и чак мржња према њему! Злочини, небројени и различити, иза којих остаје само дим пустоши.

Седео је закрштених руку подно иконе Христовог рођења. Главу је спустио толико да је брадом готово додиривао груди. Уздише дубоко и неједнако, али и даље верује да ће се све свршити како ваља. Сара ће се умирити, затражити од њега опроштај због своје лакомислености и безверја. Наравно, њему самом није било потребно никакво извињење, али он га је прижељкивао због ње! Тако би био сигуран да се покајала због својих неразумних речи.

Ћутао је. Није хтео ништа да јој каже, јер шта год би јој рекао сада, у таквом стању њене душе, само би још више распалио тај огањ њене самовоље и гордости. Овако, надао се да ће се сама убрзо уразумити. Уосталом, он ће се помолити за то. Молитва има већу снагу од било ког добронамерног савета, јер је упућујемо Богу, савет, пак, људима, а њиме можемо повредити њихову сујету.

Устао је и пажљиво се загледао у сваки детаљ на празничној икони. Свуда је видео само једно — радост и славље. Сара је на све то бацила сенку. Вратила га у дане од којих је покушавао да утекне. Прошлост је оживела: намрштена, немирна и злобна. Такву је памти. Претећу и нимало пријатну.

„Зар се понавља све оно од чега се душа грчила, и то увек на Бадње вече! Уместо узвишене радости коју очекује па јој широм отвара све капије, горчина и јад? Лакше бих све поднео да се све ово дешава неки други дан. И да знам да је могућа нелагодност, срце би се већ припремило на њу и некако је прихватило. Овако, зар му може бити лако када му се чини да је једино оно у празничној ноћи унижено и болно, а надало се нечем посве другачијем?”

Наравно, од овог размишљања помоћ му није долазила. Напротив, душа је крварила под теретом што све јаче и болније притиска. Мучи и кида.

Сара му је пришла и ухватила га за рамена, бесно му заривши нокте у њих. Изгледала је као неко ко више не влада собом, већ то, уместо њега, чини неко други.

„Чујеш ли шта ти говорим? Биће онако како ја хоћу или нâс више бити неће! Ја бирам и тражим. Од мене се не узима. Мени се испуњавају хтења, а не ја другима.”

Луда гордост. Слепило разума. Јама безверја. Од оног свог „ја" Сара се није могла одвојити. Самовољна и себична. Зар ту може бити љубави? И жртве ради ближњих, светиљке душе. Христове речи да човек треба да се одрекне себе и понесе свој Крст, њој ништа не значе. Она Га не воли! Не верује у Њега! Може ли онда искрено волети и ближње и тако испунити Његов закон? Страдање ради других и разапињање свету, не прихватају сви. У томе је људска неразумност, отров и погибија. Узрок готово свих наших падова. Тешко се човек да научити да милосрђе, праштање, попустљивост и служење другим не значи недостатак поноса и карактера. Нити слабост. Никако бешчашће, већ љубав што надилази све и даје му лепоту. Радост живљења и снагу да се изборимо против оног нашег „ја" што гуши и поробљава вољу да се другима најпре испружи рука, па тек онда себи. У томе је велика мудрост. Читав један закон!

Јаков је први пут, откако је са Саром, почео да страхује да му живот поново не постане зебња срца у ишчекивању шта оно сутра може донети. Није могао да се мири с тим да светиња брака остане без оног без чега брачност губи светост — без жртвене љубави. Непријатност на њихово прво заједничко Бадње вече натерала га је, да и овај пут, болно повређене душе, оде у собу, сâм, и да се у кревету савивши колена у стомак, не миче све док му лице поново не постане суво. Као игла загнојену рану пробола га је његова и судба жене са којом се заветовао да ће заједно убирати добро, али и отрпети свако зло. И то заувек! Да ће једно другом брзо опраштати све како не би губили Свети мир. Он је био спреман још те вечери да Сари пружи руку, што је и учинио, чак правдајући њену гордост неким разлозима у које ни сâм није веровао. Мислио је да ће тако коначно успети да је умири, а онда ће и сама схватити да је погрешила и да је он само из своје велике љубави нашао оправдање за њен рђав поступак. Иначе, како би другачије имао разумевања за нешто што га је загребало до дна душе.

Убрзо је разумео да је, тако само охрабривши Сару у њеној лудости, погрешио и можда још тада се зарекао да ће, убудуће свакоме, па и оним најближим, говорити једино истину о њиховим поступцима, па нека буде како бити мора! Овако, само је издао себе, први пут после толико година, говорећи нешто са чим се није слагао, како би Сару бар мало одобровољио. Нису све добре жеље, а његова је несумњиво била таква, угодне Богу. Јер, да је тако све би, без изузетка, донеле и добар плод. Има чак и оних што могу лако одвести у пропаст, а да тога нисмо ни свесни. Истина је увек и само једно, и њој ништа не смемо подредити! Наши поступци, иако зачети племенитом мишљу, понекад су нешто сасвим другачије.

Јаков једноставно није смео те вечери удовољити Сариној гордости, тобож' је разумевши. Требао је против ње одлучно устати, па чак и по цену сваће до дубоко у ноћ. Боље је добро ратовати него се трудити да се одржи наопаки мир који ипак неће потрајати. Овако, она је дунувши у свом бесу у свеће, залупила врата за собом и бесповратно отишла, а он не само да ју је изгубио те вечери заувек (истина не његовом кривицом), већ је у својој савести понео нешто што ће га још дуго пећи као ватра — издајство Бога попуштањем њеним безверним речима незасите сујете, што никако није смео учинити. А због чега је Сара поступила тако, иако му ништа у њеном понашању до тада није на то указивало, ко са сигурношћу може знати? Човек је тајна. Велика. Готово недостижна. И није лако упознати његов карактер у свим појединостима, бар не за кратко време. Јер, неретко нас изненади када неко ко је руковођен нечим што до тада нисмо познавали у њему, до дубине душе повреди оне најближе. И сродне.

Након Сариног одласка Јаков је почео да крза сате, узалуд полажући велики труд да у њима пронађе бар зрно радости. Није долазила ниоткуда. Притиснут сећањем што је имало снагу да сломи све у њему, није још дуго могао остати сâм тамо где је донедавно било двоје. Иза њега су остале само старе слике у дрвеним рамовима, не много оштећене, и мирис свећа и тамјана, заостао у пукотинама времених зидова. И нада да ће се, ипак, ако не и Сара, бар он некада вратити.

Ишао је свуда. Опет, нигде није стизао! Тражио је само једно, а чинило му се да је проналазио све осим тога — није успео да заборави.

Последњих година је чак и тешко оболео. Није више могао да се стара сам о себи. Постао је зависан од нечега чега све мање има међу људима — од нечијег милосрђа. Решио је, коначно, да се врати тамо где је, у младости, заједно са Саром, подигао дом, а изгубио све остало. Све осим вере у живот, ма какав он био.

Врата беху забрављена. И тежак, зарђао катанац на њима. Кажу, задужио се, а суд му узео то што му је некада припадало. У својој доколици човек се лажју најпре разоноди. Препричавају синови те очеве тврдње, и сами у њих верујћи. Клевета људска, срамна, тежа је и од камена. Позорница лажи и исмевање туђе судбе и несреће. Па још су и прстом уперили у њега и готово сви редом почели да му пресуђују. А нико нити га познаје нити зна да му је живот још давно неправедно пресудио. Тако је у свету, у овом пољу патњи. Бола и суза. Правде, тешко да има! Овде, не. Њу ишчекујемо. Тамо, високо изнад наших глава, понекад збуњених, због чега готово по правилу, врлински људи страдају више од других. А знамо ли да трпљење доноси вечну награду, или је, можда, оно нешто на шта смо заборавили? Крв и сузе умивају лице и оно блажено засија! И сија! Не оно чиме га неразумно покушавамо заштитити од старења! Смрт увек дође. И никада не касни. Она се не да победити ленствујући, нити безвољним одмахизањем руку. Потребан је велики труд и трпљење, љубав још и већа! Читав човек и све оно благородно у њему.

Јаков није желео да тражи своје право како би му вратили неправедно одузето. Уосталом, ко би још могао ући у траг нечијој дрскости када га готово пола века није било тамо одакле је, мало после Саре, и сâм отишао. И рашта му све, међ тим светом спремним да га безразложно оклевета, а да га и не познаје? Од тада лута, како то људи обично кажу за бескућнике. А заправо, залутали су само они у којих се за живота не нађе милости, правдољубља и честитости, па макар такви и на царском дивану лежали!

Судити може свако. Опет, нико то не треба да чини! Старца у издераном и прљавом, временом капуту, многи су одгуривали од себе називајући га именима недоличним чак и псету. И нико се тога није стидео. Срамоту су доделили њему, осудивши га као простог и лењог човека који није заслужан живота. Нажалост, има и оних што би другима, да како могу, и то узели — дар што су се некада и негде родили.

Осамдесета му је. Равно! И не зна колико их има још. У том незнању сви су људи једнаки. Благодаран је Богу на свему и не тугује над својим животом. За њега се храбро и достојанствено бори, иако то многи другачије виде. Њиховом слепилу, зар је он кривац? Иако ништа нема, опет има све! Тврду веру апостола. Трпљење мученика. И образ анђела.

Торба врлина му је претрпана. Увек је са собом вуче, али се њоме не размеће и не горди. Скрива своја доброчинства. Ништељубив је. И да има благо, раздао би га, свога. Сиромаха, зар треба презрети? Па то је равно злочину! Тврдокорно срце тога се не постиди. А зна ли у чијим је Светим Рукама сво богатство? И није ли и оно требало испунити закон милосрђа како се, кажњено због своје похлепе, не би згрчило?

Исак је надмен. Никако благоразуман. Среброљубив и ташт. Сјај дуката му је толико заслепио очи па пред собом није видео невољног старца у Јакову, већ га (има ли већег понижења) чак са псетом изједначи! Опсова и оде гневан. Може ли довека тако? Неће ли га нова зора отрезнити од тог пијанства? И због чега неки људи искушавају дуготрпељивост Божју?

О томе је Јаков размишљао, корачајући са тешком муком и ревнујући како би стигао на почетак Божићне литургије. Јуче је на путу нашао хлеб. И није остао гладан. Иде Богу да захвали. Тако увек чини. Смерност је тако близу савршенства! У његовој души поново се рађа Христос, као некада у пештери Витлејемској. Све је онако како је одувек желео, коначно. Мирно и срцу мило. Достојанствено и свечано. Пуно славља и радости.

Осећа како се све буди и неизмерно радује. Тело му подрхтава од болести, грчи се и увија. Ипак, својом вером све издржава. Млад човек требао би се постидети угледавши овог старца грбавих леђа како не одступа од тог анђеоског призива па јутрос пође цркви и одстоја болесних ногу читаву службу! Како упорно гребе ту кору живота која му је преостала. Како дела и ствара колико може, колико му изгубљена снага дозволи.

И сваким даном учини бар понеко доброчинство. Топле молитве за све и свакога, а то је изнад свега! А ми? Имајући добро здравље правдамо се тиме како немамо времена да учинимо било шта крупно и ваљано, достојно хвале. Опет, добивши то време у старости које нам је читав живот (тако нам барем изгледа) „недостајало", обично тада изгубимо здравље и у нама нема довољно ревности, снажног карактера што и болест надјача, да, ма колико се и водили великим идејама, било шта сами учинимо.

Јаков је другачији. Болест не само да га није изломила и напослетку га бацила у постељу, већ га је још и ојачала! Духом оснажила! Нико то од људи није видео. Због тога га, чак и на вратима цркве, неки гледају с презрењем, лицемерни. Где је то остала њихова душа заробљена када немају нимало самилости према невољном човеку? И такви у цркву ходе, мирне савести! Да икако могу, забранили би му да у њу долази и тако још прекршили и ону Христову заповест „да сви једно буду".

Понети Крст другоме када он, уморан, клецавих колена, почне посртати, дело је љубави и жртве, и треба га испунити! Носити слабости других, опраштати увреде и заволети и оне што нам знају зажелети и зло — зар има савршенијих заповести и веће радости за све оне што их срцем испуне? Мржња може наудити једино ономе ко лудошћу својом мрзи, јер она је тај отров душе што никада не излази ван, већ остаје ту, у дубини бића кога помрачује.

Јаков се не осврће на негодовања оних што осуђују чак и у близини саме Часне трпезе и тако бесрамно стоје са свима у великим тренуцима свршавања још већих, божанствених Тајни, у средишту Васељене — на Светој литургији. Увек је било лицемерних што су се лажно, фарисејски, молили дуго, тако остајући без благодати и њоме рођеног благочешћа.

„Узмите, једите; ово је тело моје."

Велике речи и тврда храна. Али, једино нам она даје живот вечни. Тело самог Господа! Присетивши се Голготе, страдања и љубави Христове да ради наших грехова буде распет, Јаков зажеле да и сâм пострада за Њега као што је Он за све нас, и да се, љубећи Га, жртвује колико је то човеку могуће. Савио је у коленима суве кости које уз пробадајућу бол стадоше шкрипати. Да ли је овај човек јутрос Христу могао принети већу жртву?! Причестио се Светињом, и сâм Свет. Принетим хлебом што Духом постаде хлеб живота, сâмим Телом Христовим, и његовом крвљу, изливеном нас ради и ради нашег спасења!

Решио је још тог јутра да пронађе Исака. Бринуо је за његову душу која изједначи све оно што је велико и Свето са свим оним заблудама живота, а њих има много. Једино човек широке, крилате душе не гледа ко је ко већ свима жели само добро. Онај ко сажаљева и највећег грешника и почне тражити оправдања за његов преступ, заиста у себи има велику љубав! Жртвујући се за све човек најлакше оправда своје постојање!

И да није те несагориве љубави у старцу, чак и према Исаку који га је још претходног јутра унизио изједначивши га са псетом, шта би га друго могло гонити да пође човеку од кога је отрпео зло; да му све опрости и да се још и побрине за његову душу!

Христос — хлеб живота! Од ове се мисли Јаков није одвајао. Присети се и како је чудом Исус, опет, умножио не било шта друго, већ хлебове, претходно их благословивши, како би се многи народ наситио! Због чега га је онда Исак бацио на пут? И да ли је знао шта тиме чини? Јер, није исто грешити у знању и незнању! Пекла га је његова гордост и узношење наслеђеним богатством, ни од кога другог до од Бога. Веровао је да ће успети да га уразуми. Јер, да је другачије, зар би га уопште и потражио?

Уморан и болан, седео је испред Исакове капије као некада праведни Лазар пред вратима богаташа. Чекао је, не само да се насити мрвама што су падале са његове трпезе, већ и да га уразуми како душу залуд не би изгубио. Бољи је разум сиромаха неголи лудост, па макар она и царева била! Среброљубиви, пре служе богатству неголи Богу, и сами се од њега не дају раставити.

На вратима стајаше Исак, у скерлет одевен и замишљен.

„Никада другоме не бих био послушник. Има ли већег унижења за човека? Радије бих био велики војсковођа коме се многи покоравају и служе му. Моја је крв таква. Узбуркана и славна. Достојна великог поштовања. До врага са тим људима што дозволе себи да од других зависе. Добро је овако, имати све", задовољно се насмеши, допуштајући сујети да чини с њим шта хоће, а онда, опијен својим безумљем, замахну руком и баци преко ограде читав хлеб само због тога што њему није довољно мекан и свеж! Питају ли се такви икада ко им може јемчити да ће га и сутра имати?

Јаков се придиже и позва га по имену. Исак, чудећи се откуд да му име зна, присети се да је старца јуче срео на путу.

„Ниткове! Бедни човече! Још ми и пред капијом седиш! Губи се одавде!"

Узалуд је старац покушавао да му објасни због чега је ту. Самовоља и безочност не трпе туђа мишљења, чак ни угледних људи, тек никако „обичних невољника". Исак је, растројен, махао рукама испред себе на све стране. Личио је на човека кога је напао рој пчела. Псовао је гневан, вичући и чак претећи старцу који му је, и поред свог понижења, желео добро и да се како уразуми. Да оздрави од себичности и самољубља.

Племенитост у човека види се у томе да срцем зажели да и други стекну све врлине које он има, а да све оно што му жалости и поробљава душу, страсти, буду миљама далеко од њих. Ипак, узалуд је нечија наклоност (па још и она незаслужена), лепота мисли и добpоћудност, жеља да се други из прашине придигне, ако он то и сâм не зажели.

Исак је стискао шаке и шкргутао зубима. Изгледао је као да ће свакога часа кренути ка старцу и умногоме му наудити. Преке нарави, гневан и оне ретко зле воље, застрашио би све оне око себе када би беси стали да му досађују. Лице би му потамнело, а уста се развукла у неки туђ' осмех човека којим владају духови ништавности. Очи, као убодене чиодом, унезверено гледају и чини се као да ће свакога часа некога једноставно скаменити. Од рђавог карактера и нарави сâм је страдао највише и у томе му, чини се, нико није могао помоћи.

Јаков прибија најпре један, а за њим и други штап уз тело, и жалостећи се устукну. Крену кратким, тек мало изнад земље издигнутим корацима, непрестано се осврћући за собом. Иза њега, на свом прагу, стајао је човек скрамне, душе тамне као чађ, којем никако није могао помоћи и поред силне жеље што и стену одваљује. Беше то Исак, један од оних што у својој лудости вичу на Бога и гордо се питају због чега постоји место вечите муке, а сами га, овде, другима праве. Мало се умиривши, викну и крену за старцем. Застаде, предомисли се и из само њему знаних разлога журно крену у супротном правцу, више се и не обазирући на њега. Шта га је повело тим путем ко то још може знати? Људи рђаве нарави, обично су и непредвидиви, и тешко је за њихове поступке пронаћи одређени след по ком се они одвијају.

Из Исаковог дома зачу се врисак. Он већ беше поодмакао. Плач детета старцу просече стомак. Стеже мршава колена и прободе душу. Окрену се, слутећи. Густ, црн дим, ковитлајући се поврх крова, загреба га до дна бића и он, ни сам не знајући како, први пут после толико година потрча! Заиста, понекад нам (а то обично бива када смо ми или неко други у опасности) природни закон остаје под ногама, а ми, као ношени на рукама анђела, успевамо чак и у ономе што умногоме превазилази наше моћи. Држао је оба штапа у руци, и губећи дах, утрчао у задимљену собу. Чврсто је стегао малишана, ту живу икону, и кренуо ка вратима. Старачко срце није издржало. Пао је на самом излазу. Изнемогао. Намучен и без снаге. Без живота. Жртва од када зна за себе.

Из цепа му је испало Јеванђеље, вековник по ком је увек живео. Иза њега остало. И један штап, поломљен, на туђем прагу, јер свој, одавно није имао. Други је изгорео тамо где је дечаку сачувао живот, не марећи за свој — у ватри и диму.

Убрзо је и Исак стигао. Беше то потпуно други човек! Али, зар је због тога неко морао страдати? Михајло, његов син јединац, држао је Јаковљеву главу на грудима и неутешно плакао за њим. У рукама му беше старчево Јеванђеље отворено на страни где стајаше записано:

„Од ове љубави нико нема веће, да ко живот свој положи за пријатеље своје.”

Јаков непријатеља није имао. Никога тако није гледао! Све је волео! И да још увек како може, поделио би и ону последњу мрву хлеба са свима. Хлеба, који нам се тајанствено, Причешћем, даје као хлеб живота!

ПОНОС СИРОМАХА

Први сумрак заслепљује дан. Готово нико га више и не броји. Још један од оних на дугачкој бројаници живота, што ће утихнути са издисајем вечери. Многа упаљена светла из домова запретише сну и забораву. И дан се наизглед продужи. Неко уз мутну светлост лампе довршава свој роман, неко слика анђеле и ликове Светих и тако душу другога милује, приближава јој се. Човек од ревности мало спава. Он ствара. Под светлошћу свеће још давно су се изграђивале велике личности читавог једног народа. Свет је постајао дражи, а живот добијао пуноћу и смисао. Војсковође добра, књижевници. Мислиоци. Прегаоци за истином. И вечношћу.

Евгеније је стајао пред Богородичином иконом „Умиљење", дуго се молећи. Она му је била некако посебна. Дража од свих других. У молитвени кутак његовог срца зашла је очекивана радост. И жеља да испуни вољу Очеву и ове вечери. Да му служи. Њему и ближњим. Прекрстио се, лагано и пажљиво, шапатом тражећи од Господа да га благослови на његовом путу. Од свега злог сачува. Уздахнувши, угасио је кандило и сео за свој радни сто. Дуго је гледао у своју прву објављену књигу, непрестано се молећи да све буде како треба. Надао се да ће доћи у руке многих људи. И да ће и они прославити Христа као што је и он док ју је ноћима писао.

Облачи се, вечерас помало и отмено, ставља стари шешир (успомена на вољеног оца) на главу и излази из дома. Вече је пријатно и топло. Звездано. Богом прослављено. Човеку на добро даровано. Служењем свему ономе што је истинито, лепо и чедно и он се треба Господу заветовати. Молитвено му приклонити главу у Његова недра. Дела милосрђа и љубави чинити. Помоћи свакоме ко је невољан. Има ли веће радости од ове? Ако и има, она је сигурно неће умањити.

Пролази улицом мирисних липа и размишља о тишини што долази с вечером. О светилима уроњеним у небески бокал. И лепоти која траје без престанка.

Чврсто стеже своју књигу у руци и тако као да је жели од нечега заштитити. Разумљиво. Када срце искрено изнесе највредније мисли из себе, на папиру, како да се не потруди да сачува све оно што је изнедрило у дугим ноћима без сна како би иза њега остао траг добродетељи и врлине, корисне другоме?

Гледа на очев, стари џепни сат. Од њега се не раздваја. Једноставно, те вечери није смео каснити. Продужава корак и хитро креће ка цркви, као ношен неком невидљивом, души милој силом. Скида шешир и улази у храм живог Бога. И живих људи! Крсти се и моли да његова књига дође до срца оних што су му духом блиски. Да буде Господу на славу, другима на корист, а њему на смирење. Полаже је украј омилеле му Богородичине иконе „Умиљење", пажљиво се молећи да је сâм Господ благослови. Окреће се ка улазу. Хоће да буде сигуран да је сâм, да из дубине животворног извора душе изнесе своју највећу жељу. Наду. Све што је имао дао је за ту своју прву књигу. Чак се и преселио у врло прљаву, собу са тек нешто мало светлости. Љубав и посвећеност нечему прескачу преко сваке ограде и за њих је човек спреман целога себе да дâ.

Целива крст у близини олтара и, коначно се, уздишући, крајем усана и насмеши. Замишљено гледа ка вратима цркве. Не излази му се, иако добро зна да не може још дуго остати. Тешко је човеку да остави мир и радост за собом, али живот тражи од њега да то готово увек учини. Обавезује га многим служењима, испуњењем различитих прохтева и одговорношћу према себи, али и другима, тако да човек неретко може да увиди како је налик мраву што увек нешто сакупља и увек негде жури. И као у неком зачараном кругу тако се врти док изнемогао не падне, а да из њега никада није ни изашао. Тада обично дођу и болести и онда се пита рашта му је био такав живот и где га је све за те године довео? Да ли је следио тај глас који је долазио изнутра и ишао Божјим стопама, или је сваким даном само лутао, губећи пут.

Евгеније је пажљиво ослушкивао своје срце и свако своје дело проверавао заповестима Господњим. Имао је мир душе. Племениту нарав и осећајност према свакоме невољнику. Без размишљања и двоумљења пружао је милостињу у испружену шаку. Добрим мислима неговао маслине своје душе. Благодаран Богу. Благ и умерен у свему. Поверљив према другоме и без оног мучног подозрења што готово од свакога човека прави непријатеља.

Помало журно узима свој роман, сигуран у то да га је икона на којој је стајао осветила, а њему самом укрепила веру да ће вечерас све ваљано проћи и да ће бити оних који још увек траже мудрост живота у књигама, благодарни људима што их пишу па долазе на књижевне вечери како би чули о делу, али и о човеку који га је изнедрио. Разум је велико преимућство људи над свом творевином! Због тога смо у обавези да и ми сами стварамо, свако по датом му таленту. Примили смо га сви.

Његова душа пратила је пут звезда те вечери и с времена на време понеку би чак и окрзнула. Питао се о том небеском, узвишеном поретку. Вековном. Никаква сила га не може променити до једино она што га је стваралачким духом записала. Сами Бог. Али, ни Он то не чини како би се свако задивио лепотом и доследношћу, трајношћу створеног. Ова размишљања су га одвукла од оне равне мисли — како ће га људи прихватити вечерас? Готово увек је тако. Када смо опседнути нечим што нас на крају добро намучи, сасвим неочекивано нам ум заузме нешто што ће нас барем мало растеретити.

Уроњене главе у небо, није ни приметио мршавог, скромно одевеног младића. Прљава и умногоме запуштена коса, неодређен и поглед забринутог човека, одавали су тужну слику и неку помало тешку слутњу. Ко би то могао бити? Одвећ је касно и која мука или шта већ га је истерала из топлог дома (ако га уопште и има) у прохладну, јесењу вечер?

Сам је. Можда и очајан. Уморан од свог бремена и многих, тешких дана. Забринут. Или је једноставно те вечери само Евгенију тако изгледао. Накашљао се и смело пришао младом књижевнику, као да га познаје читав свој живот:

„Мир ти, добри човече. Опрости ми, видим да некуда журиш, а ја те, ево, спречавам у томе. Сâм те Бог повео овим путем. Молим те само да ме саслушаш, тражим само мало твог времена. У невољи сам. А ко није, рећи ћеш с правом? Неко данас, неко ће бити сутра. Прати нас све, верна као псето. Скромно живим продајући књиге. Уосталом, лако је то и приметити по мом запуштеном изгледу. Немам ја времена да се њиме бавим. Човек који је готово увек у некој неприлици, зар стоји испред огледала и пажљиво зачешљава косу? А сада те понизно молим... Молим те да ми помогнеш. Непријатно ми је што то морам затражити од тебе. Никада ми се овако нешто није догодило. Покрали су ме ниткови, а ја треба да откупим неколико старих књига за своју књижару. И већ касним.”

Евгеније га је гледао ћутећи. Осетљиву душу лако запарају тужне, мучне повести другога човека. Стајао је тако не задуго, а онда је доброта и жеља да олакша муку невољнику победила ону, чини ми се урођену, обазривост према онима које не познајемо. Није се дуго колебао. Извадио је вредну новчаницу (а то је свака коју дајемо из самилости и жеље да другоме помогнемо) из џепа и пружио је непознатом младићу. Дирнула га је његова судба до саме кости. И тај његов изглед напаћеног човека. Бол другога, ако хоћемо бити људи, не само по звању, бол је наша. Ми њу делимо. И свако искрено срце то осећа. Крвари увек када је ближњем тешко.

„Ја сам Евгеније. Никако да схватим због чега једни другима наносимо зло? Кажеш, покрали су те? Узели оно што им не припада. Узели туђе. Видиш, велико је то проклетство. Плашим се да не буде већ касно када то и они сами увиде. Не осуђуј их. За непријатеља треба да се молимо. Тако нам је Христос заповедио. А заповест, када је човек испуни, постаје његова највећа радост. Сада праштај, журим. Вечерас треба да говорим о свом роману. Збогом.“

Кренуо је хитрим кораком, али га рука тог незнанца заустави:

„Сачекај! Толику љубав носиш у себи, простана душо! Већ четврт сата узалуд сам покушавао да дођем до потребног новца. Сви некуда журе. Одмахну руком и прођу. Туђа незгода до њих не долази. Можда ме сматрају и за чудака? Неки чак и опсују, а нико бар да саслуша ако већ не може да помогне. Чини ми се и тада би ми било лакше. Добро се добрим враћа. Давно и свима знано, на многим местима записано правило. Буди сутра испред Саборног храма. Донећу ти твој новац. Можеш код мене продавати свој роман. Сутра ћемо се, уосталом, о свему договорити. Бог те благословио. Збогом.“

Наклонио се готово до земље, благодарећи свом добротвору, а онда журно пошао низ улицу. Застаде, као да се нечег врло важног присети, окрену се и повика:

„Алексеј. Алексеј, не заборави то име! Сутра у осам! Радујем се што ћу поново видети милостивог човека. То је готово постала привилегија. Људи у нашој вароши постали су затворени у своје проблеме, а од њих помало и зли. Праштај. Још једном, збогом.“

Евгеније је на тренутак заборавио да и сâм жури. Стајао је захвалан Богу што му је пружио могућност да учини добро дело. И не само то. Био је убеђен да је овај сусрет Он сâм уредио, јер, ето, и Алексеј се бави књигом и сада су му широм отворене капије за продају његовог првог романа. Милосрђе је велика, врлинска ствар и свакога ко га чини Господ богато награђује. Трудом заиста можемо постићи много за живота. Углед и славу. Имање и дом. Чак и круну. Али, рашта нам све ако милости у срцу немамо? Моћ је кратковида на почетку, на крају потпуно слепа. Велика богатства само товаре срце и под њима оно најпре завене, а онда се и осуши. Разум и добра воља записују јеванђељски живот. Он траје. Остаје за човеком и по њему га ми заувек упамтимо.

Књижевно вече било је задивљујуће пријатно. Чак и врло посећено. Сваки племенити труд и искрене жеље срца на крају уберу здраве плодове. Ако човек дела другима на корист и Господу на славу, зар ће га Он оставити без награде? И када срце изгара ватреном љубављу за стварањем, зар његово дело неће препознати и са радошћу прихватити многи? Евгеније је те вечери упознао много врлинских људи, озрачених добротом. Треба ли човеку нешто више од овога? Јер, бити у близини честитих и моралних, велика је ствар. Тада је души лако да се искрено смеши. И да све воли. Ипак, понекад сви ми остајемо сами. И то је добро. Молитва тражи самоћу, а њу не треба заборавити. Мир најпре треба стећи у себи, а тек онда га поделити са другима. И као што је велика радост бити међу људима, подједнако је велика и усамљеност, али не баш свака и не за свакога. Јер, неке људе самоћа води у очај, а неке у плодну башту великих мисли и идеја.

Млади књижевник је остатак те вечери био сâм у свом дому. У својој клети. Међу иконама и књигама, са отвореним Јеванђељем испред себе и силном жељом да Господ обухвати и уђе у читаво његово биће. Да му помогне и сачува га. Дар речи му умножи. У Царству свом да га се сети и поравна, прашином заспе сваки његов грех. Он, милостиви срцезналац.

Када човек сагради себи дом, одмакне се далеко од њега и посматра га из даљине. Одмерава га са свих страна. Задовољан, јер га је коначно сазидао, али помало и брижан, подозрив. Може бити да је и поред великог труда, ипак направио и неки пропуст. Тако је и са књигом, сликом или дуборезом. Писац делом живи у својој књизи; сликар је између рамова своје слике. У њих гледају и процењују их многи. Евгеније је дуго размишљао те ноћи о свом првом роману. И поред великог усхићења и радости, није заборавио на онај сусрет са Алексејем од претходне вечери. Мислио је о њему. Да ли се и код њега све завршило како треба? Да ли је успео да откупи те жељене књиге? Уосталом, то ће ускоро и сазнати, јер дан који се већ тихо ушуњава, поново ће их одвести један другоме. Биће то сусрет и време новог пријатељства, био је готово убеђен.

Још пре осам часова био је испред Саборне цркве. Стигао је много раније. Поштовање другог човека не дозвољава нам да каснимо. А ако се томе још дода и радост што ћемо га поново видети и са њим поделити речи пријатељства, разумљиво је што је Евгеније стигао готово читав сат раније.

Сат са Саборне цркве одбројао је осам часова. Алексеја још увек нема. Испочетка је било лако пронаћи читаву прегршт разлога за његово кашњење. Али, када је зазвонило у девет, Евгеније је постао видно нервозан. У њему се чак појавила и подозривост, за коју готово да није ни знао до тада. Кренуо је у Михољску улицу. Алексеј му је рекао да је ту његова књижара.

„Сигурно се заузео нечим неодложним. Ипак, када само мало боље размислим, не личи ми на некога ко вољно не поштује дату реч. Можда му се још нешто десило синоћ? Кажу да зло не иде само. Не, то не може бити! Наћи ћу га ја у књижари, није ми тек тако рекао улицу и број. Разложан човек, какав је вероватно и он, о свему размишља. И зна да многе ствари не зависе само од нас. Једноставно, деси се нешто на шта ми не можемо утицати.“

Поверење у друге, особина је племенитих, незлобивих људи који свет посматрају иза свог параванa срца и кроз бисере својих очију у којима је лако пронаћи ону доброту што плени, душу свакога обрадује. Неки, опет, мисле да су такви наивни и да је чак и детету лако, уз само мало труда, да их обмане и тако им се у лице насмеје. Али, зар да наивцима називамо те доброћудне људе којима је и сама мисао да некоме могу помоћи далеко важнија од тога како ће их он прихватити, са благодарношћу или могућим подсмехом, јер има и таквих који лажно пружају руку за милост и када преваре некога још га и исмевају пред другима. И да зло буде веће, они који успеју тако некога да обману, себе сматрају чак и умешним и врло способним! Подсмешљива страна живота. А колико је таквих?

Стајао је у Михољској улици испред броја тридесет седам, у незерици и широм отворених уста. Прибрао се тек када га је станар са друге стране ограде упитао кога тражи и због чега тако дуго гледа у његов дом. Уз извињење, Евгеније се наклонио том човеку, правдајући се некаквим неспоразумом између њега и пријатеља. Није био убедљив. Говорио је као у сновиђењу, још увек не могавши да поверује да је његова добра воља исмејана, а он сâм унижен и поруган. Станар је само одмахнуо руком, са великом неверицом погледао у њега и закључао капију. Тако као да је хтео да осигура себе и своју породицу од некога ко не зна (а њему се тако чинило) ни кога тражи ни зашто је ту. Ова можда помало и претерана обазривост, мрски чин великог неповерења уз звецкање кључа и претеће одмахивање главом, пробудило је у Евгенију готово незадржив гнев. Није могао да поднесе то што га је Алексеј (а више није био сигуран да му је то заиста име) изиграо и што је то учинио на тако подао начин. И још поврх свега да га овај средњовечни мушкарац истањених бркова и ко зна којих још спољашњих префињености гледа са толиким подозрењем да у њему види и могућег лопова! Није издржао и само му је кратко срезао у лице, јетким гласом:

„Сигурност и напредак у дому чува се поштењем и уздањем у Бога, а не катанцима! Ко дела у оквиру Његовог закона, треба ли за шта страховати? Може ли ти човек наудити ако савест у теби мирује? Гледаш ме као лопова, а због чега? Иза ове капије вероватно гомилаш себи богатство и наумио си га сачувати па у сваком пролазнику видиш ниткова и лупежа. Од чега страхујемо то нам, у нашој уобразиљи, и излази пред очи. На крају од тога и страдамо. А ја, нити сам крадљивац нити желим туђе. Чак су ми и моје узели. Покрали ми веру да људима увек треба пружити када траже. А сада, збогом. Немам ја шта више овде да тражим. Доста ми је неприлика.”

Погледао га је оштро и прекорно. Ипак, убрзо је схватио да се рђаво понео према том човеку, јер није он био виновник његовог понижења од претходне вечери. Са великом страшћу и предострожношћу чувати своје, при том му и робујући, мањи је грех од присвајања туђег. Ето, од тога је тај човек и зазирао и зар му је Евгеније само због тога требао држати слово морала и опомињати га иако га први пут види? Али, у свом гневу, када разум постане мутна вода кроз коју ништа не видимо, олако ћемо укоревати чак и оне који нам ни за шта нису криви. А душа, још неизвежбана у трпљењу, на свако ће унижење одговорити нападом, и то углавном на некога ко јој ништа није скривио, наивно верујући да ће тако успети да се одбрани. Бранич је не узвратити истом мером зла, али тај залогај се многима учини тврд па га убрзо и испљују. Евгеније није био од тих. Кривио је себе што је било шта рекао том човеку. Требао је оћутати на његову сумњичаву помисао и тако себе поштедети новог немира.

Погнуте главе и мисли изневереног доброчинитеља, покушао је да што пре заборави читав овај немио догађај. Ипак, није могао да поднесе то што га је до те мере унизио неко кога и не познаје. Истина, било му је лакше што то бар није учинио неко од блиских му људи, али свеједно, није му било лако.

Разболео се одмах након ове вечери. После свих непријатности, није издржао. Лежао је у постељи. Патњу и немир душе напослетку и тело осети и неретко ослаби услед немогућности човека да увек и што пре све рђаво, једним потезом руке, обрише.

Са дубоким уздасима враћао се у дане свог детињства, покушавајући да тако барем мало скрене ток својих мисли и да их осветли. И да је како могао, опет би се обрео у тим прекинутим сновима и свету иза облака. Прошао би још једном тим пешчаним путем од безбрижних игара. Наравно, добро је знао да је то сада немогуће, а сањарити о ономе што је неповратно прошло, само је замка у коју се зрео човек, ако је довољно трезвен, не сме уплести. Присетити се дечачких дана, радост је, често и утеха, а жалити што су неповратно прошли и што их више нема само је слабост одраслог човека. Свако доба носи посебну чар, али се даје само онима којима припада. Неприлично је старцу, а и немогуће, да живи као у дане своје младости. Уопште узев, то срце не би могло да поднесе. Да би човек испунио своје назначење, од Бога му дато, он треба с радошћу, а не ропћући, проћи читав тај пут од дечака до мудрог старца, при том се увек нечем новом учећи и препознајући ону лепоту која се даје у одређеном ступњу његовог раста, посебно духовног.

У тим данима док је боловао, трудио се да што више и чешће чита. У самом углу његове собе, међу другим књигама и иконама, стајало је Јеванђеље у старим, одвећ окрзалим корицама. Увек је стајало поврх осталих књига, јер га је често читао. Небеско, души пријатно. Читајући га сада уз светлост многих упаљених свећа, зауставио се на речима које се раније, њему самом, ни по чему нису одвајале од других. Величина Христовог благовештења и јесте у томе што нам се увек, у зависности од околности у којим нам се душа налази, нешто учини посебним, јако потребним и немерљиво важним, као да је писано управо за нас и тако прогна ону невољу којој смо савијали леђа. И свако у његовој светлости може сагледати себе, где припада и на чему још треба да се потруди. Дубоко је размишљао о ономе што је прочитао:

„Свакоме који иште у тебе, подај; и који твоје узме, не ишти.”

Осећао је да је свака реч била упућена баш њему. Пажљиво је наставио да чита и поново застао:

„Ако дајете у зајам онима од којих се надате да ћете добити, каква вам је хвала? Дајите у зајам не надајући се ничему; и плата ће вам бити велика, и бићете синови Свевишњега, јер је он благ и према незахвалнима и злима.”

Пљеснуо је рукама и поскочио из кревета. Понесен величином Христових речи и одрешен од смутње због догађаја са Алексејем што га је гушила, у тренутку је оздравио. Заиста, чим се душа ослободи муке и читаво тело постаје здраво! Ходао је по соби непрестано понављајући ове одломке из Јеванђеља, а онда је гласно, као да се некоме обраћа, почео да износи оно што му је Бог дао да расуди:

„Алексеј ми је затражио новац. Заповест ме обавезује да му га дам! Чак и ако ми је лукавством узео оно што ми припада, при том ми говорећи како му је тај новац потребан, ја не треба да тражим од њега да ми га врати. Бог управља приликама и познаје свачију жељу срца. Сваку помисао. Ако ме је преварио и ако му тај новац није био потребан, од њега ће се и узети и напослетку ипак доћи у нечије раширене руке. Он ми је чак рекао и да ће ми га вратити, позајмио га је од мене, дакле. Није то учинио и ја сам се разгневио. Због тога се и разболео. Осећао се пониженим, исмејаним. А, заправо, ја се нисам требао ни надати да ће ми он тај позајмљени новац вратити и тек тада би моје дело било велико. Да сам тако поступио не бих се нимало жалостио. Али, ја сам му дао новац са надом да ћу га добити назад. Заповест нам тражи много више од тога. Сада бар знам како други пут да поступим. Можда је све ово било испитивање моје вере?”

У своје јутарње, молитвено правило, додао је и молитву за све оне који га неправедно вређају, зло му мисле и неправедно га гоне. За оне што су га некада на било који начин преварили. Од сусрета са Алексејем научио се да не треба жалостити срце када нам неко учини неправду. Осудити таквог човека значило би засути земљом јаму коју је он сâм грехом ископао и у њу пао. Њега треба заволети. Искрено и силно. Топлином свог срца згрејати му охладнелу савест. Разумео је да ништа у човековом животу не бива без разлога и да из свега треба очекивати само корист и поуку, иако нам то често у почетку изгледа сасвим другачије. Он је најпре био гневан и повређен Алексејевим рђавим поступком, да би му напослетку све опростио и чак му био захвалан, јер мрва са небеске трпезе пала је близу њега — могао је и требао испунити једну од Христових заповести и тако сакупити још један драгуљ на небу. Није схватао да се човеку оно што наизглед овде губи, у вечности враћа. Тако он добија. Ни његова племенита жеља да помогне другоме човеку није скривена пред лицем Онога који мери свачију жељу срца и зна чему је душа наклоњена.

Алексеја је мучила његова мисао, налик дрвеним ногама, тешка и једва покретна. Она може да опустоши читаву личност. Није му то био први пут да на такав начин некога обмане. Мора бити да је људима, који су спремни да учине неко лукавство, прилично непријатно, чак и ужасно, док смишљају начин на који ће другога преварити. Или им је, можда, читав тај чин забаван (нарочито онима који су подерали сваку обвезницу савести) па се још и труде да што је више могуће исмеју жртву своје веште подлости? За све то такви одвоје доста времена, детаљно смишљајући сваки корак у том крајње нечовечном трку ка свом остварењу злог циља, а нечијој озледи свега оног што је племенито у њему. Јер, тешко је човеку када схвати да је преварен. Унижен и исмејан. Када самилосно пружи другоме руку, а он је сломи. И чак се и не окрене за собом, већ иде даље. У нову превару и оков своје унутрашње ругобе. Мрак душе. Погибију читавог свог бића.

Није мало проклетство лажно тражити нечију милост, добити је, а онда се шеретски насмејати и без стида стајати под небом не осећајући жар савести. Присвојити туђе, дрскост је и улог за казну која увек стигне ако нема покајања. Пре или касније. На земљи, или што је још и опасније, у вечности. У њој је сва коначност и касно је тада било шта променити. Немогуће. А за њу, знају ли изругљивачи истине?

Поглед овог младића био је неодређен. Помало и уплашен. Стајао је близу Саборне цркве, сâм, и видно напрегнутих нерава. Руке јасно разоткривају стање у ком се човек налази, а он их је кршио до бола. Нешто у њему није му давало мира. Ходао је у кругу, не већем од неколико дечјих корака, и невољно одмахивао главом, час у једну, час у другу страну. Уздише и тако као да покреће неку чудновату воденицу која му болно мрви унутрашњост. Шкрипи зубима и изговара нешто без нарочитог реда и смисла. Као да је под влашћу нечистих духова, немоћан да их се ослободи. Тело му као згрчено, и уопште, читаво му је држање некако неприродно. Као позајмљено од некога и туђе. Креће ка вратима цркве, а онда, као конопима свезан, непомично стоји. Нешто му не дâ да уђе унутра. Савест, тај неподмитљиви судија. Узалуд је човеку и да покуша да се с њом рве — нико и никада је није оборио на земљу! Увек је ту, дубоко у нама. Алексеј је њом тешко намучен, јер пре неколико вечери је требао бити баш на овом месту. Тако је обећао Евгенију. А вољно неиспуњено обећање другим се именом назива превара! Ипак, он је барем себе окривио за то што је учинио и сада из свега тражи излаз. Први пут, а толико њих је на сличан начин обмануо. И поред тог његовог, помало и застрашујућег, изгледа, у очима му је тињао скроман сјај некакве још увек неизгубљене доброте. Управо због тога овог човека једноставно не можете ставити у ред потпуних ниткова. И ко зна, можда је он још те вечери био спреман да дâ обећање Богу, свакоме човеку кога је преварио и, најзад, себи, да ће прекинути са тим својим лажним тражењем милоште, извежбаним готово до савршенства. Човекова унутрашњост је процес који никада није на истом месту, а кретати се са његовог самог дна, поступно ка врху, велики је подвиг оних што су немаром допали таквог стања. Ако у томе успеју, радост су читавом људском роду, јер обично после тако дубоког пада постану ревнитељи божанског добра, знајући, искуствено, каква је несрећа живети далеко од Њега и Његовог закона.

Евгеније је убрзо готово и заборавио на тај сусрет са човеком због чијег је лажног искања новца, у почетку, био на само један педаљ од осуде. Али, онај одломак из Јеванђеља толико је утицао на њега да је чак и пожелео поново да сретне Алексеја и сазна због чега је тако поступио, а онда и да му понуди своју помоћ, ако у њему има воље за исправљањем свог живота. Ипак, знао је да је сусрет са њим само у равни добрих жеља, али не и великог изгледа да се заиста и догоди. Јер, такви обично постају путници без циља што покушавају да сакрију свој траг како их они којима су нанели зло никада не би пронашли. И због тога никада нису на истом месту па их је готово немогуће пронаћи. Обично нам остане само оно непријатно сећање на њих, а о њима више никада не чујемо ни речи!

Већ наредног месеца отишао је у манастир Ваведења Пресвете Богородице. Хтео је да се помоли на гробу свог духовника и да у манастирском конаку, ноћу као и обично, понешто и запише. Једном када човек стави перо у мастило, више никада не пожели да га испушта из руке. По његовом трагу многи ће препознати себе. Неки ће пронаћи утеху у сазнању да нису усамљени на свом путу и да су кроз слична искушења прошли и њихови вољени јунаци из романа који им је у рукама.

Волео је да путује. У томе је проналазио велику драж. Загледан у даљину, у бесмртну лепоту свега створеног, ширио би руке слободе и радосно махао људима у пољу. Имао је велику љубав према свима, а она прекрива многа сагрешења. Јер, колико волимо, толико ће нам и бити опроштено. Када срце искрено прими свакога човека и његову бол једним делом осети, зар ће остати без награде за своју пружену љубав? Оно се тако и очисти од скверних помисли и жеља и постане извор сваке врлине и чувар благодати. Неућутни проповедник јеванђељског живота. Украшени, бисерни ковчег, отпечаћен племенитим мислима из кога излази раскош доброте и неуништиве топлине.

Испред отворене, манастирске капије, испружена рука моли за милост људи којима себичност и гордост није развратила ум, нити им душу свезала за чињење добрих дела. Евгеније се сагиње. И овај пут даје. Срцем, разум за то не треба да зна. Ситан новац звечи и враћа изгубљени сјај старачких очију и благ осмех на лице. Човек који нема довољно новаца па тражи милостињу, другоме даје од оног свог сувишка — молитву из срца за његово добро и жељу да га Бог од свега сачува. Свакоме је дато понешто. И ничији дар не треба потценити, јер то би онда значило да се срце које је и само добило по својој мери, горди оним што није његово!

Старац чврсто стеже невелику, времену икону, и као онај што се растаје са нечим уз шта је и одрастао, сетно испружи руку ка Евгенију.

„Свако ко даје и прима, синко. И свако од нас има шта да да̂. Нема ниједнога, опет, да све има. Нити онога ко нема баш ништа. Тражимо и добијамо, дајемо чак и када нам не ишту. Све је у Божјој Руци, ми само чувамо или узалуд растачемо дато нам богатство — оно што се оком да видети, и оно, далеко важније, што само душа осети. Тешко је сиромаштво, анђеле. Али, грех је далеко тежи. Због њега човек много пропати. И неретко умре. За Бога и људе. Грешника који се не каје не прима нико, било на која врата да закуца. А нас, опет, овако сироте Господ погледа. И чува. Увек нас подсети да нисмо заборављени, јер увек нам некога пошаље. Данас тебе, сутра неког другог. Благодаран сам ти, синко мој. И радосна је душа моја због милости твоје. Онај кога заболи судбина другог човека па му руку пружи, велики је пред Богом. Упамти то. И свако ко ти затражи, дај му. Чак и ако ти се учини да то чини лажно. Ти му пружи да не зажалиш некада што то тада ниси учинио, а са њим ће Бог већ свести рачун. У том рачуну ти не можеш изгубити само ако даш, онако, из срца. То је до тебе. А све друго, Њему препусти. Он зна због чега некима допусти да лажно ишту, некима да се лажно моле дуго. Христос тамо рече (мислио је на Јеванђеље) да су примили плату своју. А твоја плата је горе. Небеска и велика. Узми ову икону. Нека те Мајка Божја чува. Збогом, верни сине.”

Евгенију је срце задрхтало. Болело је. Гледао је тужно у старчића, жалостећи се над његовом судбом. Али, он сâм није очајавао због тога што у старости живи од нечије милости. Чак му је у очима било лако препознати ону снажну вољу и жељу за животом каква се среће углавном код младих људи. Скромност се задовољи и нечим невеликим и због тога су људи, који имају ову врлину, широког осмеха и простране душе у коју може стати љубав за свакога.

У рукама је држао Богородичину икону „Умиљење”, дар великог срца убогог просјака. Ту икону нарочито је волео и пред њом се често молио у свом дому, а ето, сада је добија као благослов и успомену на човека који је смело показао снагу животу, и који не ропће, иако живи од нечије милости. Дивио се мудрости и топлини сваке његове изговорене речи. Ипак, није могао а да се не присети и оног сусрета са Алексејем. Нешто га је у старчевим речима подсетило на њега и као да му је он управо о њему и говорио и тако само потврдио оно што је прочитао у Јеванђељу, болестан лежећи у постељи.

„Збогом, добри старче. Остај у миру.”

Он му се само благо наклони и очима показа у правцу манастира. Као да је тако желео да му каже да зна колика је његова радост што је поново ту где су му сахранили духовника. Љубав нас повезује са другима. Чак и са онима који више нису међу нама. За њих се молимо. И они се моле за нас.

Евгеније је пао на колена и чврсто стегао крст на гробу вољеног му старца, архимандрита Гаврила. Осећао је као да њега самог грли. Волео га је и у свему му био послушан. Због тога је и добио многе дарове, стекао врлине. Сатима је остајао с њим у разговору, тражећи савет, утеху и поуку. Никада није одлазио без њих! И сав замор натоварене душе одједном би нестао. Молитва духовника има велику снагу, јер велика је и његова смелост пред Богом. Он нас Њему води.

На старчевој сахрани није било суза. Нити уздаха. Само молитве и многа сећања, успомене на његов благ карактер и чедност душе. Присетио се како је бели голуб слетео на ковчег док су га спуштали у земљу. Бог то не даје свима. Једино искреним служитељима Његовом закону — служитељима из срца. Архимандрит Гаврило је увек био пун живота, чак и на самој самрти, а то се противи законима природе. Он је био изнад њега! Радосне душе невиног детета. И мудре речи, увек и за свакога. Његов вољени Евгеније често му је долазио. Код њега испитивао сваки свој поступак и мерио величину свог подвига. Сада стоји на старчевом гробу и моли се да му бар неколико књига што је понео са собом, игуман узме за манастирску књижару. Желео је да се његов роман чита ту где је некада често боравио, тражећи души мира, и мудрост седих, архимандритових власи. Усправио се, прекрстио, и пошао ка конаку да пронађе игумана.

Пролазио је стазом манастирске земље где сваки њен педаљ шапуће о небу, о непрекидној потреби срца да говори са Богом. Али, и о невидљивој борби подвижника са демонима који хулећи на светињу мрзе свакога ко јој усрдно служи прослављајући Господа. Пали духови нарочито нападају оне који се труде у врлини и напредују на путу ка богопознању, али такви их молитвама побеђују.

Живот у манастиру не познаје журбу и готово се ништа не одређује унапред, јер не зна човек шта му је и када на корист боље од Господа. У Њега се уздати и спокојно прихватити Његову вољу, правило је смирених и послушних. Људе великих планова неретко обузима очајање. Они би да све и увек иде по њиховој замисли па и много труда око тога улажу. А када ипак нешто крене не по њиховој жељи, готови су (бар неки од њих) да одмах дигну руке од нечега што је доскора био њихов сан. Тамо где нема Божјег благослова нема ни чврсте воље нити упорности да се започето доврши. Не, јер их Он даје, али само за племенита дела љубави и разума.

Игуман је дочекао Евгенија раширених руку и са осмехом великог пријатеља. У близини драгих људи, душа се радује увек неком новом и још већом радошћу. Управо због тога су и растанци са њима болни, срце их тешко прима, а немогуће их је заобићи. Евгеније је дошао на неко време у манастир и то је игумана посебно обрадовало. Дао му је кључеве од конака где је обично боравио још док је архимандрит Гаврило био жив, како би оставио ствари које је понео са собом. Угледавши повелики пакет са књигама, благо га погледа и кроз шалу упита:

„Добри мој Евгеније, је л' ти тешка та мудрост између корица? Зашто се ниси јавио да долазиш? Зашто толико да се мучиш? Љубав је испред свега, сачекао би те неко и помогао ти. А ти? Скромност ти то није дозволила па још и ћутиш, не жалиш се да ти је тешко! Мили мој, ужелео сам те се! Не прође дан а да те неко од нас не помене. И све се питам када ће твоја свећа поново горети на Гаврилвовом гробу? Био си већ тамо? Ето, и мермерни крст смо му поставили, да му се бар мало одужимо за све оно што је учинио за нас. Мермерни крст за његово златно срце! Одем готово свако вече на гроб, а оно, као живо! Чује се, куца! Божји је то човек био, и сам знаш. Сећаш се само оног белог голуба на погребу? Као да нам је свима Господ још тада хтео пројавити да га прима међу своје Свете. Заслужио је то твој старац чистотом свога живота! Вечерас ће монах Теодор налити уље у кандило на његовом гробу. Има послушање да се постара да се не угаси, да гори увек. Ако хоћеш, овај пут то можеш ти учинити уместо њега. Знам колико си желео да му носиш крст на погребу. Велика је твоја љубав, радости анђела. А сада, дај ми да видим шта то носиш са собом. Знаш од чега ђаво највише зазире? Од искреног покајања и мудрости у доброј књизи. Незнање је коров многих зала. Брзо се шири. Није лако почупати га. Него, кажем, дај ми да погледам како се ти са тим бориш и зашто ће ти толике књиге?“

Насмеја се, срамежљиво узе једну и пружи је игуману.

„Чедо моје, па ти си је написао!“

Потврдно климну главом и без речи, скромно слеже раменима. Игуман лагано поче да прелистава роман, видно задовољан. Накратко би и често застајао са читањем, погледао у њега, а онда сталожено примети:

„Видиш, ово о чему ти пишеш многе мучи. Писао си срцем. То је добро. Лако је приметити, а и разумети те. Верујем да је читав роман вредан и за душу користан као овај мали део што сам ја сада прочитао. Радујем се, Евгеније! Бог те је наградио даром речи због чистоте твоје душе. Знај да се дарови Духа дају само онима који следе пут истине. Велика је то срећа и ништа мања обавеза. Јер, речју више него било чим другим утичемо на људе, а благодат, којом уосталом и пишемо, тек се са великим трудом може сачувати. Без њега нема ниједног корисног, доброг дела. Нека ти Господ у свему помогне. И нека те благослови. Однеси књиге у нашу књижару. Све! Многи ће је прочитати, за то не брини. Сви они што трагају за водом живота, а таквих је увек било. Има их и данас. Кажи искушенику нека неколико њих одмах стави на полицу. Упознајте се, недавно је дошао код нас. Иконописац. Каже, добио је тај дар у само једном дану. Богу је све могуће. Примили смо га за искушеника, а тек је седми дан код нас! Има јаку веру. Каже, дуго је живео у греху. Понављао га. А онда, решио да исправи свој живот. Покајањем очистио упрљано платно своје савести. Искрено и са болом у души што је некада вређао Бога. Обмањивао људе. Не задржавајте се дуго. Време је вечери. Хајде, Евгеније.”

Збуњен, дуго је гледао у мило лице игумана, а онда кренуо у књижару. Разумео је да му је старац Гаврило својим заступништвом код Господа испунио молитву. Тражио је да игуман узме бар неколико књига, а он их је узео све! Старчева љубав лако искорачи са неба на земљу.

Када је ушао у књижару, искушеник му је био окренут леђима. Имао је благослов да продајући књиге иконопише „Умиљење”. Толико је био посвећен ономе што ради да није ни приметио да је неко ушао. Евгенију је устрептало срце. Осетио је да га прати Божји благослов. Пред „Умиљењем” се молио у свом дому, старац испред манастирске капије му је поклонио баш ту икону! Због чега не неку другу? И сада је и овај искушеник иконопише!

„У случајност верују само они што не знају како другачије да објасне то што им се дешава па све правдају управо тако, случајем. И када им се иста ствар понови неколико пута они остају при свом. Тако је лакше. Али, из свега тога они се ничем не науче! То је грех према свом животу. Својој личности и Богу. А када Светиња озари очи што гледају у њу три пута, то је сигурно велики Божји благослов! И Бог је у три Лица. Понекад тако и посети некога од нас како би схватили да је увек ту. „Умиљење" у мом дому, ово у мом џепу, изображено на малој ораховој дасци што ми је старац испред манастирске капије поклонио, и на крају и искушеник га сада слика! Ту случајности нема места! Богородица преко своје иконе чудесно спаја мене са тим старим просјаком и искушеником. Због тога сам и осетио толику радост у срцу док ми је старац говорио. Али, због чега ме је он подсетио на онај немили сусрет са Алексејем, говорећи ми како свима који ишту треба дати без обзира да ли то они чине искреним срцем или не? У томе има нечега. Да није...? Не, то не може бити!"

У том тренутку искушеник који га до тада није ни примећивао, прекиде му мисао окренувши се према њему и остаде у великом чуду. Био је то Алексеј! Хтео је нешто да каже, али било је узалуд. Везана уста не могу да говоре. Од силине изненађења човеку понекад треба доста времена да се прибере, да схвати шта му се дешава. Тада су нерви напрегнути, а разум замагли. Тешко је и готово немогуће било Алексеју да сакрије своје унутрашње стање. Уосталом, он се није ни трудио око тога. Покушавао је само да дође до било које речи, да скине ту лепљивост уста. Удисао је дубоко како би узнемирено срце добило довољно ваздуха. Осетио је како снажно лупа, као воз у пуном погону. Очи нису успеле да сакрију велики стид. Болан израз лица од силине искреног покајања смекшао би и најгрубљу душу. Грч у стомаку није му дао да се помери. Није могао ни дуго гледати у Евгенија. Погнуо је главу и рамена спустио према грудима. И као дете које је свесно своје кривице, чекао је да се било шта друго догоди како би поглед био скинут са њега. Али, шта се друго могло десити? Стид због греха према другоме морамо поднети не очекујући никакво олакшање, јер га нисмо заслужни. Једино се можемо надати да ће нам они, којима смо нанели зло, опростити. Уздати се у ширину њихове душе и племенитост срца. Одмахивао је главом и тек с времена на време усправљао поглед. Тескобно је човеку када ишчекује нечију милост што га једино може растеретити од учињеног преступа. Сваки трен тада као да је суд за њега, бесконачно дуг и тежак.

И Евгеније је дуго стајао затечен. Није веровао да ће икада више срести човека који га је преварио, а ето, он сада понизно стоји испред њега. Без речи и са оно мало преостале наде да ће му грех опростити. Није могао да допусти себи да се Алексеј, и поред те неправде што му је нанео, сада толико мучи. Било му је јасно колики је терет био за њега то што га је изиграо. Лажју му пљунуо у лице. А сада, када му је савест са свих страна позвонила, стоји као покајани осуђеник пред човеком који му може бити судија или помилованик. Разумне и добре душе увек радије опросте. Јер, ако осуде, и саме ће бити нечим осуђене. Уосталом, и том својом осудом. Евгеније је, после дугог и мучног ћутања, раширио руке и повикао:

„Алексеј! Откуд ти овде? Овај наш сусрет је посве другачији од оног што смо, верујем, и ти и ја хтели што пре заборавити. Нимало очекиван. Не тражим ти никакво објашњење, само ми кажи ко си ти, заправо? Због чега си дошао у манастир? Чекао сам те оне вечери код Саборне цркве, али то сада и није важно. Зар немилу прошлост опет да оживљавам? Хоћу само да знам ко си?”

Уздахнуо је поново и као да се борио за ваздух. А онда, чинило се као да и не дише. Зубима је стегао усне као да покушава да их, тако згрчене, опусти. Образи му упали уз саму кост, утрнули. Прстима је снажно стиснуо дупље очију, протрљао их и са великом муком погледао у Евгенија. Тешко отворивши уста, осетио је као да је раздвојио две готово непомичне стене. Проговорио је једва чујно, споро и мучно:

„Истина је да јесам Алексеј. Није лаж ни да испред тебе сада стоји неко ни налик ономе каквог си га ти упознао. Кажеш, хтео си сусрет са мном што пре да заборавиш. Уз мало труда ти си можда и успео у томе. Али, ја нисам! Нисам могао, а ни хтео. Никада и нећу. Пре тебе многе сам преварио. Ожалостио. Од лажи живео. А то је, милостиви, живот без части и среће, достојан сваког презрења! Божјег гнева! И муке! Не знам због чега, али када сам тебе обмануо ноћима нисам успевао да заспим. Нешто ме је у стопу пратило и прогонило сваку моју мисао. Признаћу ти, био сам на пола корака од лудила. Можда чак и мање. После дуже времена, коначно свестан свог греха и пробуђене савести, ни у цркву нисам могао ући. Био сам очајан. Хтео сам да променим свој живот, али навика у мени била је јача од жеље. Њу је некако требало победити.

„Тражио сам ти новац у својој немаштини. У њој сам увек живео. И то је истина. Без оца, мајке, било кога. Сâм. Стидео сам се и саме помисли да ћу морати да просим како бих преживео. Тако сам се и досетио и почео да смишљам како да од некога добијем тај потребан новац, а да руку не испружим према њему. То ме је вређало. Нисам могао. Био сам горд и поносан. И добијао сам га на различите начине. Али, у крајњем, увек исто — лажју. Много ми је времена требало да схватим да није грех живети у сиромаштву, чак бити и просјак. А ја сам се тога стидео! Сада се стидим само својих небројених превара људи који су ми својом добротом поверовали. Хвала Богу, ништа у мени није остало од оног старог Алексеја. Почео сам чак и да иконопишем. Не знам само чиме сам заслужио тај дар од Бога? Игуман каже да је покајање срца велика ствар. После љубави највећа. Каже, Бог те због њега и даровао. Не знам, ваљда је тако. Остаћу овде. Не желим никуда да идем. Овде ми је добро. Служим Ономе кога сам у прошлости издао. Молитвом и послушношћу свима хоћу да се барем мало искупим. Ето, сада знаш све о мени. Нимало занимљива судба, признаћеш. Ми је не бирамо. Али, према Божјој вољи треба се са крајњим поверењем односити. Ако ми је од Њега дато да просјачим, ја сам то требао и прихватити. Да сам то одмах учинио не бих толико грешио. Опет, да није било тог мог греха можда никада и не бих дошао у манастир. Бог све најбоље зна, због тога те молим да ме не осуђујеш. Ако можеш, ти ми опрости. Разумећу те ма како да сада поступиш према мени. Дугујем ти много. Опрости.”

Када некоме кога не познајете, као на рукама, укратко, изнесете читав свој живот готово у једном даху, без скривања и страха, то значи или да сте без пријатеља од поверења или да сте одвећ стегнути обручем своје невоље па вам чак и разговор о томе са незнанцем, души да бар мало утехе. И, коначно, може бити и да сте коренито изменили свој живот, сасекли му жиле на којима је стајао, па покајнички уверавате и себе и друге (па чак и оне које не познајете довољно) да сте сада неко сасвим другачији, жалостећи се над својом прошлошћу. А признати свој промашај свакоме, без устезања, може само срце које добром и снажном вољом зараста од рана греха. То је био случај и са Алексејем.

Ма колико да се трудио, сада Евгеније није могао било шта рећи од чуда и саосећања. Она су му затворила уста. Људима рањиве, болећиве душе, не треба износити тужне, тешке повести одједном, већ постепено како би им се срце припремило да то прихвати. Евгенију је одзвањало у глави то да Алексеју понос (или чак гордост) није дозвољавао да проси, па је због тога и чинио тај свој грех. Био је готово убеђен да има добру душу, и поред тога што је тако неразумно поступао према људима од којих је узимао новац. Још давно му је све опростио, готово и заборавио његов грех. Сада је желео и много више од тога — хтео је да му буде пријатељ и да га заволи. Ништа чудно. У искрености се лако и брзо изграђују пријатељства, а Алексеј је Евгенију овај пут искрено пришао. Због тога му је он и пружио руку у знак њиховог мисленог помирења. У знак опроштења дуга и племените жеље да постану блиски. Крајем усана се осмехнуо, изговарајући се да их већ чекају за вечеру (јер заиста му је било тешко и готово немогуће да о било чему што се њих тиче сада говори), спустио шаке на сто и задовољно рекао:

„Хајде, брате мој! Игуман рече да се не задржавамо дуго. Није добро да нас чекају. За нашу причу биће времена. Ово су дани новог пријатељства и радости за тебе и мене. Остаћу неколико дана овде. Сигурно би хтео још много тога да ми кажеш. Уосталом, и ја теби. Остави ове књиге. Ето, продаваћеш тај мој први роман, као што си и сâм рекао. Ипак ће тако бити иако ја у то више нисам могао да верујем од оне вечери када си требао бити испред Саборне цркве. Пођимо сада.”

Ишли су један поред другог у корак и ћутећи. Растерећени и задовољни. Игуману су рекли да се познају од раније. Ништа више од тога. Алексеј није издржао и још за вечером је затражио благослов да Евгенију у знак љубави и радости што га поново види поклони „Умиљење”, свој први иконопис. Наравно, игуман се, благо климнувши главом, сложи са тим.

Евгеније је у том дану имао само још једну жељу. Чинило му се да су му све друге већ испуњене, чак и више од тога. Узео је уље, свећу и рекао монаху Теодору да ће он отићи да долије кандило на старчевом гробу.

Дуго је тамо седео. Са откуцајем срца се молио. Гледао у беличасту светлост кандила и на гробу упалио свећу. Некада га је обузимао страх ако би и само прошао увече поред гробља. А сада мирно седи и слуша реку што протиче у близини. Старац га милује својим благословом одозго. Могао би тако и заспати! Велика љубав одгони сваки страх, а он је архимандрита Гаврила много волео.

А испред конака игуман је са Алексејем о нечем врло живо разговарао, тако да их је и он чак могао чути.

„Добро је што ћеш ускоро завршити свој први иконопис. Драго ми је што си пожелео да га поклониш баш Евгенију и што је он ту, са нама. Има дивну душу са многим врлинама.”

„Знам, оче. Знам. Мој добротвор”, рече, спусти главу и заплака.

НИЧИЈА ЗЕМЉА

Старац Михаил невољно одмахује руком. Кошчат, сувоњав и грубих црта лица, као да се нечему или некоме очајнички предаје. Својој страсти или другом човеку. Главу окреће у страну и клонуо уздише. Бог би знао због чега. У осамдесет и више лета мора да је стало и сувише великих брига, тек да је увек у борби и да схвати да ништа не бива без ње. Ни ломови, падови, нити искупљења. Ни подвизи, нити врлине. Али, у многим годинама што су остале за леђима овоме старцу, сигурно је било и грехова. Њих има код сваког човека, мање или више. На несрећу, не боре се и сви против њих. Неки им се драговољно предају у служење добијајући за узврат кратку насладу у њима.

Живот плете својим концем, онако како то само он уме и хоће, и докле хоће. Онако како то само он зна. Никада и никоме не даје у зајам. Не. Понекад остаје чак и дужан, или то само ми тако мислимо навикнути да увек тражимо још, и оно мало више. Скромности ниоткуда. Ни са једне стране. Готово ни из једног човека. Многи много траже, али мало дају за то много. Не схватају да је узалудан наум надати се добрим плодовима живота без великог труда. Без крви и зноја. Тражи се цео човек, читаво његово биће, а не само један део, и да увек драге воље стреми добру, ревносно служећи и бранећи истину. А таквих, колико је? Они добијају тај сок од живота, ту живу воду што никада не пресушује! Врлине и дарове. Благодат и љубав што је изнад свега!

О, Свевишњи! Има ли ичег' у чему није утиснут траг Светости Твоје? Ичег', осим греха? Не покрећеш ли Ти, Милостиви, кораке наше на чињење сваког доброг дела? Нисмо ли победници живота, па и саме смрти, Твојом заслугом и нашом скромном жељом срца и трудом? Па опет, мало је оних што не осташе под точковима својих рђавих навика. Огорчени на све. На људе и на Бога. Али, никако на себе!

На самртничкој постељи неки препознају свој узалудно потрошен век и грешност. Али, каква им је то утеха када су одоцнили, јер немају више времена да исправе свој живот! Зар се старац учи врлини? И зар тек у тим последњим удисајима живота схвате да су сами себе обмањивали не марећи за своје спасење? Да Бога има и да ће од свакога тражити да дâ одговоре за сваки свој преступ!

Михаил неће ни да чује за то. А ето, осамдесет и трећа му је У тим годинама човек не би требао да престаје са брижним испитивањем своје савести. Својих дугова. Са молитвом и оплакивањем грехова према Богу и људима. Шта је то онда што овог старца нагони да се и сада везује за свет? За варљиву сламку коју односи ветар и оно што познаје свој крај! Зар је његова мисао тако далеко од неба и зар очекује да ће му се оно само спустити у недра? Без труда, милости и љубави срца! И та међа око које је наумио да се суди са Илијом, до врага с њом. Зар је заиста наумио да га сахране баш на том парчету земље које му, иначе, и не припада, и да је због тога тако гневан на свог суседа? Коме је још од толике важности где ће му тело починути? Зар то било шта може променити?

Има нека наопака, покретачка, а зла сила у човеку која му не да мира чак ни у старости ако јој се већ у младости није супротставио. Страст је оков срца и јазбина мрака. Уништитеља свакога добра. Имена су јој многа, а плод увек исти и један, јалов за свакога ко јој служи — погибија душе, понекад чак и у лудилу. Њом је поробљен и овај старац. Укочено седи, шиљи бркове при врху и злурадо се смеје. Биће да је смислио неку нову лукавост коју ће употребити на суду против Илије. Задовољно трља руке. Лице му грозничаво трне, а поглед му дошао некако диваљ, као у звери. Страшно је гледати у човека омамљеног да чини неправду и да се свети другоме и то безразложно чак (мада се освета ничим и не да оправдати). Повлачи дуг и црн, густ дим цигарете. Порок тражи слабе карактере. Клима главом и пљунувши дуван што му је остао у устима, као да се нечега досети па одједном поскочи, гневан.

„Крв да ти усахне и потомства да немаш. Проклет да си Илија и све што је твоје. У мукама да умиреш и да ни тада не нађеш милости у Бога. Он нека те умори и све што имаш нека ти узме.”

Клетва трује душу. Многа зла њом навлачимо на себе и проклињући другога сами од ње пострадамо. Залуд узето Свето име Божје и позив Њему да отвори парницу између два човека и да суди онако како се то Михаилу прохте. Мржњом не успева да науди Илији, али сам се под њом сагиње, мучи и пропада. Многе речи олако изговорене у којима човек човеку прижељкује пропаст, призива на њега зло и тражи да му се, авај, Бог освети! Милостиви Бог који подједнако обасјава све и трпи сва зла што једни другима наносимо. Зна ли то Михаил када језиком покреће несрећу што ће му се сручити на главу? Када устаје против суседа и Бога и када пљује на небеса! Колико безумља стане само у једног човека!

У великој је невољи свако ко мисли да ће вечно живети на земљи, не размишљајући о оној, једино стварној, вечности — на живот иза смрти. Она је увек тако близу. Радост којој нема краја или мука без престанка! Чудно је што, на велику несрећу, човек много тога што је на његову корист пропушта и заборавља у животу, а занима се трицама које све заједно када се саберу не дају ништа. Мало тога успе да сабере, јер непрестано и расипа. И тако, увек је на почетку и готово да ништа не сазна о себи, људима и о Богу. А требало би, јер због тога он живи и јесте. Али, како да се Михаил бави плодном мишљу када је испуњен гневом према Илији? Он му сужава разум и због њега се повлачи у дубину своје унутрашње пропасти као пуж у своју љуштуру? Гневљиви немају времена да мисле. Они осуђују, злобе и смишљају лукавства којима би другима наудили. И зато су увек на истом месту без могућности да у Духу напредују.

Свако од нас носи у себи нешто што га покреће на добро или зло. Што му даје полет да ствара или разара. Да оствари своју идеју. Једни њоме украшавају себе и оне око себе, а други упропашћавају. Михаил је један од оних што се немају чиме похвалити и што заслужују сваки прекор због неправде коју другима наносе.

Чврсто стеже шаке, процеди у својој јарости још понеку увредљиву реч и хитро крену у варош да читаву ствар преда судији. Данима је спремао тужбу против Илије, пажљиво и у свим појединостима. Без ичега изостављеног — ни онога што јесте, а ни онога што није. Много је лажи написао како би добио на суду. Прилично једино нечасном човеку. И све је то сада на папиру. Уредно написано као нешто од чега много тога зависи. Читава хрпа исписане хартије у којој се тражи мало парче земље. Некада, не баш тако давно, у доба благоверних и честитих људи, међа није била разделина између два суседа већ нешто преко чега се прелази да би се помогло другом човеку, најближем земљишном суседу. Са песмом се излазило у поље и са великом радошћу. Наздрављало се за родну годину и срцу милим комшијама. Некада су поштени и несебични били у већини. Све је то сада другачије. Ни песме, ни много простодушних домаћина што су остали верни у малом — да не наносе неправду ближњем тако што би присвојили било шта што је туђе. Ушао је ђаво међу људе и исквасио им душе, а онда и односе међу њима. Старци, уместо да младе уче мудрости и закону Божјем, отимају се о парче земље. Добиће је на суду можда, а душу ће изгубити сигурно!

Мали варошки суд за, углавном, мале људе што не знају другачије да решавају спорове са другима, ако их већ и мора бити. Нигде праштања. Ни милости. Поштења. Сребpољубље и лукавство — ето на шта се човек може свести. Нико ничега да се одрекне другоме у корист; сви само нешто траже. И као да ће било шта од тога понети у гроб! Ништа. А душа модра од студени грехова. Шта ће је угрејати кад узиђе на Суд? Мисли ли још увек неко о томе? На све стране само похлепа што прави од човека моралног сиромаха и тера га да као у неком лудилу стално узима. Да граби туђе. Да отима и тако изгуби сваки смисао човечности. Да мрзи свакога ко би му стао на тај његов пут пропасти, иако му једино кроз такве људе може доћи прекор и спасење. Али, човек је превише горд да би отрпео некога ко га укорева, па чак ни онда када и сам схвати да греши, да све дубље тоне и пропада. Велика је жалост гледати у онога који посрће и пада и при том не да руку другоме да га придигне кад већ сам не може. Уместо тога, мисли му зло и навлачи на себе немерљиво проклетство. И не само на себе, већ и на своје потомство.

Читаво своје биће Михаил је одвећ погрузио мржњом према своме суседу. Тврдокорну човекову душу, заиста није лако умити. Како да помогнете некоме ко увек сматра да држи добру страну? Да је исправан, да нема кривице? А када још стане бранити то своје „право", најчешће срџбом и сваком другом злобом, ко би могао зауставити Михаила у његовој намери да присвоји туђе парче земље? Ко, кад он, ето, пркосно сада стоји пред судијом и маше папиром? Остаје му још само да ишчекује када ће његова парница доћи на ред. Замислите само старог човека који нестрпљиво чека да присвоји земљу која му не припада, туђу земљу, и који је читавог себе дао за ту ствар! Од старца се очекује велика мудрост, искуство и стрпљење, али зла жеља не разликује године — она може бити заједничка и младом и седом човеку. За првог је искушење, а за другог велика срамота!

Остварење рђаве ствари не може проћи у миру. Јер, да је Михаил чекао на исход неког свог доброг наума, био би спокојан и стрпљив. Овако, расејано машта о нечем што није његово, грчећи тело од великог узбуђења при помисли да то ипак може постати. Срамоти своје седе власи великим нестрпљењем у ишчекивању на пресуду нечег врло рђавог. И још се нада да ће на суду добити ту „ничију земљу", како је он лукаво назива.

Задовољно је протрљао руке, наклонио се судији и кренуо своме дому у коме га нико ни ове вечери неће сачекати. Нема ко. Никада се није оженио. Живи сам.

Поднео је тужбу судији у вароши за кога су сви знали да га је лако подмитити. Сада је остало само толико да и он уради „свој део посла". Земаљски је суд склон кварежи, јер међу људима који га заступају и који би га требали очувати има и нечасних и неморалних. Правда је таквим само бледа, одавно истрошена људска измишљотина коју не морају сви и увек поштовати, а они, ако су само и мало вешти, из свега тога могу извући и корист за себе. Закон би требао да опомиње, чак и да припрети свачијој савести, а они што му служе требали би то чинити са доста честитости. И ако им је већ поверено да суде, да чине то без користољубља. Због тога, тражити правду овде где готово да је и нема, неретко је само дубока рана и очајање.

Михаил никада за живота није имао великог пријатеља, јер би се свако удаљио од њега када би схватио да је пријатељство са њим чиста рачуница и злоупотреба свега што вреди у човеку. Страсног и злобног човека неће нико. Чак га и они исте крви избегавају.

Невелика му је породица. Несрећна и у давнини проклета. Кажу, његов деда није знао за Бога. Хулио је на све оно што је Свето. Празнике није поштовао нити је у цркву ишао. Презирао је сваку причу и помињање имена Господњег. Али, Рука правде га је убрзо стигла. Умро је у великим мукама, бунцајући. Последње што је рекао синовима било је да не излазе у поље о празницима. Тек на самрти схватио је колико је за живота грешио. Бог зна за шта га је све савест тада испитивала. И чега се све душа тада присетила — увреда које је другима нанео, безумног и упорног противљења Богу и чега све још! Зар може да заборави како је на празник по ко зна који пут изашао у поље и плугом преломио икону Светог архангела Михајла напола, неким чудом у земљу затрпану. Наставио је да припрема ораницу за сетву. Није му ово био довољно јасан знак како би убудуће оставио сваки посао на празник. Остао је исти, непокоран. Тврда срца до краја живота, непокајан и тврдоглав. Многи мисле да се управо у њему и зачело проклетство његовог потомства, али о томе нерадо говоре. Понекад је тешко посведочити истину и узети на себе тај крст и чак записати о ономе о чему други најрадије ћуте. Али, зар утиснути у заборав истиниту повест о онима којих, туђом кривицом, више нема? И како их другачије можемо вратити до казивањем о њима! Тако они и даље живе.

Имао је два сина. Оба су трагично скончали. Једног је смрт нашла у шуми — пало му је дрво преко груди. Није било изгледа да остане жив.

Мира и љубави никад доста, ратова, опет, превише. Устао човек на човека. Брат на брата! Народ на народ. Хоће људи између себе да се истребе. Млађи, Михаилов отац, погинуо је на фронту, у освит зоре. У први румен сунца.

Нажалост, није ту био крај трагедијама. Туга нема меру, а рану срца тешко је залечити. Михаиловог брата и сестру, Ненада и Наташу, сви су добро познавали. А ко и не би! Радосни, готово нечујни, предивни анђели. Бескрајно милих лица, живота жељних очију и светле душе. Тако је увек код деце. У њима сви лако препознамо нарочиту доброту и невиност. Искреност без труна кварежи. Али, некога живот не сачека да одрасте у човека. А смрт понекад и сама потражи оне најбоље међу нама. Кажу судбина, ја, опет, мислим да се то зове другим именом — Прст Божји.

Ненад је имао осам, а Наташа свега шест година када су им душе на рукама узнели анђели у вечни мир и тишину. У блажену радост. На земљи је има мало, а они ни то мало нису осетили. Нису имали када.

Прелазили су преко уског, временог моста, журећи како у школу не би одоцнили. Тог јутра бака их није отпратила као и увек. Болест је надјачала добру навику. Никада и нико није сазнао како су тога дана њих двоје оставили животе у набујалој реци. А зар би то нешто и променило када миле деце више нема?! Ненада су пронашли истог дана. Ни школска торба му није спала са рамена. Сахранили су га без сестре. Мали ковчег и много суза. Као тесто збијена туга. У ваздуху мирис истопљеног воска од свећа, јецаји и ударање у прса. Мук. Нико никоме ништа не говори. Уплакани људи, немоћни да било шта промене. Сви се само згледају и ћутке пролазе једни поред других. Болни уздисаји и врисак мајке која сахрањује свог малишана, надајући се да је бар Наташа остала жива. Али, кроз само неколико дана остала је и без те последње наде — пронашли су и њено беживотно тело и положили га у ковчег.

У само неколико дана сахранила је своју децу. Мужа давно пре њих. Обгрлила је крстове и данима се није одвајала од њих. Још су јој само они остали како би мајчинска рана заувек остала свежа. Како никада не би зарасла. Заиста, док не изгубимо, па макар и оно мало, не знамо колико тога имамо, колико је разлога за срећу. А када човек остане без оног што му душом припада, тешко је било шта променити набоље.

Чему се она могла надати после губитка своје деце? И шта би је могло одржати у животу? Мораће да прихвати да њих више нема, али како? Како се помирити са тим? Како, када их сваким јутром ишчекује да се пробуде и вечером им љуби узглавља на којима су некада спавали!

Проклетство из давнина узело им је животе. И то многи јемче. Да је њихов предак, Лазар, знао да ће због његових радова у пољу на празнике и хуљења на Бога настрадати Ненад и Наташа сигурно би свој плуг закопао у земљу толико дубоко да га никада више из ње не подигне! Требао је мислити о томе. Али, он није имао страха Божјег чак ни мало и тако је само призивао несрећу на своје потомство. Мудар човек најпре сагледа све, расуди добро, па тек онда поступа. Себичан, какав је он био, мислио је само на себе. Даље од тога не. Од Лазареве лакомислености и безверја, хуле, жалац смрти отровао је животе оних што су дошли иза њега. Теодору, мајку Ненада и Наташе више ништа није могло утешити. И нико ништа не може променити, јер њих више нема! А она је остала! Има ли већег искушења за мајку? Зна ли ко за јачи бол и тугу? Јадници, и јутро и ноћ су јој исти. Безнадежни. Неутешни. А срце јој као мачем прободено. Груди усахле. Очи крваве од суза. А живети се мора. Некако...

Људи љутито врте главом и питају се зашто деца да испаштају због нечијих дугова из прошлости. Неки чак и ропћу, проклињу небеса и Онога ко их је створио. Кажу, то је неправда и где је ту Бог да је спречи ако Га има? Зашто само мирно гледа са висине?

Узели на себе терет да суде, а не гледају у даљину нити у вечност већ само у један део од читаве целине. Истина, велика је жалост смрт некога ко је тек загазио у живот, али откуд ми знамо због чега је Он допушта на неке од нас. Једно је Његов Суд, а друго онај наш. То сви требају знати. И наше очи, виде ли увек све узроке због којих се дешавају све те ствари од којих душа ископни? Можда ће се тако раном смрћу Ненада и Наташе искупити и душа Лазарева?! Или, Бог само зна шта већ!

Михаил никада није волео Ненада и Наташу. Није могао да поднесе њихову доброту и искреност. Заједничку игру нису имали, јер он је још као дечак био и сувише напрасит и надмен. После њихове смрти повукао се у себе и данима није проговарао ни са ким ни речи. Можда га је намучила савест због свега што им је учинио својим несташлуцима. Бог би знао шта све може бити у души детета. Али, свако преиспитивање о својим рђавим поступцима (ако га је уопште и било) временом је закопао дубоко у себе како никада не би прогледало и показало му у њему човека тврде душе.

Постао је толико груб да више није ни мислио о исправности својих поступака. Гледао је само на себе и своју корист, јер ако би дозволио савести да га испитује, морао би поћи исправним, али тешким путем. Он то није хтео. Живео је завађен са суседима, у сталној препирци са неким и око нечега. Сам, без икога. Можда га је неко и могао саслушати, пружити му руку и подићи га, али он то никоме није хтео дозволити. Њега неко да прекорева и исправља? Има ли већег понижења за његову себичност и самовољу?

И, ето, сада се суди за парче земље. Толико трагедија међу људима који су му били блиски, барем по крви, није успело да га уразуми. Гледао је како му смрт одводи најближе, а остао је равнодушан према својој кончини као да га се и не дотиче. Као да се и неће сусрести са њом, а она му дише за вратом само што он то и не примећује, јер је сав у служби свог прохтева да од Илије узме оно што њему законом припада. Законом за који он неће да зна, прекривен унутрашњом тмином.

На заказано суђење Михаил није стигао. Болест га је чврсто везала за постељу први пут за његовог века. Тело му је подрхтавало у грозници. Био је као ван себе. У том свом душевном растројству, исцрпљен од тешке болести, са великим напором тражио је снагу и викао у своме дому по ко зна који пут проклињући Илију. Када би се људи за светле циљеве борили тако као што се Михаил борио неправдом против свог суседа, верујем да би рајско цвеће замирисало земљом. Толико напора око сулуде и неправедне ствари! Чак ни у болести није желео да се смири и окане те своје наопаке жеље.

Шта то неке људе незадрживо гони у пропаст? Због чега се душе толико муче и зар је тако тешко бити у миру и радости, спокојан и веран племенитим мислима, добрим речима и делима? Ко нам смућује разум па постајемо непријатељи једни другима? Навикнути да узимамо заборавили смо колика је радост у давању. Срећа када смо заједно. Заборавили смо и мудрости из давнина, постале су нам мрске. Слушамо једино себе и гледамо на себе. И опет, свуда немири. Неки су незадовољни својом скромном лепотом лица и хтели би је још. Други, опет, својим положајем међу људима. И сви се довијају како би било шта променили на том свом спољашњем човеку. Изнутра, ретки су они што било шта желе променити, макар и једну своју рђаву навику. А другачије се не изграђује мир у души нити се разум обасјава. Зар се нечим љубав и радост живота може купити? Благослов, долази ли на силу или пада на уиижено срце, дивно у својој скромности? На те вредности тврдокорни људи заборављају и муче се до саме смрти како би створили нешто за себе и тек на крају схвате да то заправо није ништа, јер не одлази с њима већ их тада издаје и напушта.

Михаил је дуго лежао у постељи. Нема болести која кратко траје. Она што мучи душу, најдуже. Мржњом се не лечи. Многе мелеме од врлина треба ставити преко ње и смирено опет завапити Богу да јој се тако грешној смилује. Илија, чувши да је Михаил можда чак и на самрти, дошао је да га види, да му затражи измирење и да покуша да га убеди да се не суде. Да му уступи то своје парче земље. Њему је од веће важности мир са свима од било чега другог и више пута је звао Михаила да као људи реше коме ће земља припасти. Велика душа уступа другоме чак и оно за шта зна да је њено. Узалуд је све било увек. Узалуд и овај пут. Псовкама га је истерао напоље, раздражен преко сваке мере.

С пролећа је оздравио, али у њему је остао мрак и зла воља — није одустајао од суђења са Илијом. Не може светлост дана обасјати душу ако се она томе противи. Грубо лице открива грубост у човеку. Михаил се готово никада није смејао. Осмехом препознајемо и дочекујемо пријатеље које годинама нисмо видели када их, коначно, опет сретнемо. И када све прође осмех остаје. Њим се људи веселе у срцу. Показују љубав и наклоност једни према другима. Радост због присуства некога кога искрено воле. И жељу да су увек близу, па макар и мислено. Да широм отворе капију своје душе и да богато у њој угосте ближњег, у загрљају његовом осећајући безмерну топлину и сигурност. Лепоту живота и спремност да му се дају у потпуности, без дволичја, драге воље. И да га свим срцем заволе страхујући једино од ненаданог растанка са њим, ако им га живот донесе. Ништа од тога Михаил није имао. Ништа осим велике беде, сиромашне душе. То сиромаштво доноси највећу празнину и изједначи човека са црвом.

Суђење са Михаилом око земље, за Илију је био јако мучан процес. Одужио се и превише. Он је хтео да се што пре заврши читава та некорисна парница између два суседа. Чак је и више пута нудио Михаилу ту своју земљу само да се не суде, да не срамоте своје седе главе. Чини се да је Михаил чак и у том спору са Илијом налазио некакву наопаку драж чим није прихватио ту земљу, која му иначе и не припада, без псовки, проклињања и суда. Неки људи, навикнути да се увек и око нечега са другима препиру, немирне душе тешко могу да поднесу тишину и слогу са другима, јер им то једноставно постане супротно са њиховим незгодним карактером. Проналазити задовољство у сукобу са другим човеком, жеља да му се нанесе зло, јадно је стање срца од кога оно страда, много крвари и једино га је покајним сузама могуће залечити. У Михаилу их није било, а Бог их тражи, и од греха сува уста што ће, барем на крају, признати своју немоћ и преступ, затражити помоћ. Ипак, Михаилову сујету ништа није могло померити из душе, јер је била и сувише велика и тешка.

Полакомио се на нешто што је туђе. Биће да је сам себи био тескобан и мучан, али није хтео да се сагне, да падне на колена и затражи опроштај од Бога и од Илије. Гордост му то није дозвољавала. Натерала га је чак и да на суду понизи свога суседа многим лажима. Гневан, готов да слаже ако му то може донети корист, себичан и без милости за друге, раздражљив и сребро̂убив, све то био је само један човек, Михаил.

Илија је покушавао чак и да му помогне, иако га је он понижавао кад год би се срели. Толико је био благонаклон према њему. Разлог за то није имао. Али, не треба милосрдном срцу повода да чини добро. Племенита душа састрадава чак и са онима што је вређају, проклињу и гоне.

Ћутао је на суду, не опирући се што су против њега изнете многе неистине. Хтео је помирење са оним ко му је прижељкивао пропаст и чак проклињао децу! Колико милосрђа у једном, и свакога зла у другом човеку! Између њих је постављен велики јаз и никако нису могли бити са исте стране. И један и други су то добро знали. Јер, шта има лаж са истином? Страст са врлином?!

Онај који греши правда се нечијим рђавим примером, а онај који се исправља гледа и иде за човеком у коме је испуњење закона Божјег и људског. Свима прашта, чак се и у тескоби радује. Ако некога и исправља чини то са великом пажњом и љубављу, јер ако би био дволичан и ликовао што је он праведнији од ближњег који је пао у искушење, само би штету обојици нанео. Добар савет тражи и доброг човека у коме нема лукавства нити мржње ни према коме. Ето, такав је Илија.

Мирно је примио одлуку судије да земља припадне Михаилу. Ћутке се наклонио свима и изашао из суднице. За великог човека највреднија је душа и једино њу не сме изгубити. Јер, она остаје да сведочи о нама и нашем животу још нерођеним унуцима наших синова. Застао је испред врата суда жалећи што је Михаил дубоко пао у грех узевши оно што је туђе, а онда кренуо ка свом огњишту. Ништа не може умањити његову радост оца многе деце што ће га и ове вечери сачекати и савити му топле ручице око врата. Деца су благослов, а он односи сваку горчину живота. Тај благослов Михаил није имао. Узалуд му је неправедно стечено богатство када иза себе није оставио потомство. Некога ко ће му упалити свећу када му душа буде узнесена на небо и име му помињати. Узалуд и човек ако није човек!

Михаил се није дуго радовао на туђем. Убрзо се смртно разболео. И ко ће сада да заоре бразду на тој ничијој земљи? Уместо пшенице изникао је коров поврх крста. Михаила су ту сахранили. Тако је сам хтео. Живео је читавог свог живота на туђем, на туђем је и сахрањен, непокајан. Никога нема да му дође на гроб и да на њему засади руже. Упали свећу. Крст се повио, трошан од времена и невремена. Готово да је и пао. И иструлиће на ничијој земљи.

СВЕТА ЉУБАВ

У Никодимовом дому упаљена су сва светла. Тако је увек када је празнично вече. Добре навике душе не треба дирати. Емилија се потрудила да буде радосно и тихо. То јој је остало од мајке. И дубока вера, племенитост да свима око ње буде пријатно и мило.

Не треба срцу много да би се веселило. Кандило готово нечујно и тек с времена на време пуцкета. Пријатно је и топло. Треба ли још нешто човеку да осети благи мир? Да обрадује ближње својом наклоношћу према њима и очима у којима светлуца нека помало чак и мистична светлост. Светлост рађања нових нада и вере.

Не скида поглед са супругиног прекрасног лица. Готово да је остала иста као у младости, увек насмејана и нарочите лепоте. Висока, дивних црвених усана и свежих, румених образа. Нос јој омален и некако због тога посебно мио. Кестењасте, крупне очи, пуне живота и љубави. Руке дуге. Прсти танки и помало бледи. Уредно повезана коса очарава ситним, златним локнама.

Устаје како би на сто изнела брижљиво припремљена, посна јела. Одмереним корацима, без журбе, а ни лењо, одлази из трпезарије у кухињу. Ништа код ње није пренаглашено. Загаситозелена хаљина, дуга и озбиљног кроја. У свему има укус и меру. Труди се да сваку реч изговори полако, брижно их избирајући. Зна да се њима ублажава бол, радује душа, али и повређује биће другога.

Човек тако дивно говори. И још лепше ћути. Некад је корисно једно, а некад друго. Све тражи свој тренутак и назначење. Говорити без мере и дрско, може ли икоме донети мир? Зар треба душу ближњег оптеретити причама без поретка, без почетка и краја у којима је мало мудрости, а много празнословља? Опет, ћутати када неко очекује реч утехе, није ли недостатак љубави, и опростите ми, разума?

Никодим равнодушно гледа у празничну икону Светог Јована Крститеља. Протегну се у благој доколици, и помало грубо затражи од јединице, Наташе, да му донесе кадионицу и тамјан. Послушност је велика врлина. Можда и највећа. Уноси љубав и смиреност у срце. Наташа без противљења одмах устаје. Болећиво гледа у оца, повређена његовом грубошћу. Она га тако невино и чисто воли, али и страхује од те његове окамењености срца. Увек је такав био према њој. Због чега јој обазривије није рекао шта жели?

Душа младе девојке тражи велику љубав и као перје мекано и умилно опхођење. Наташа је увек послушна оцу, али и он би је могао обрадовати бар понекад осмехом и топлином својих речи. Немогуће да он ужива у томе што му је она тако покорна па за њу готово никада нема благо лице када јој било шта говори? Кћи му је!

Никодим, у великом чудан човек. Са мало вере у себи и незгодне нарави. Много мрља у карактеру. Груб је. Плаховит и надмен. Тешко опрашта. Никада и ни од кога неће да отрпи увреду.

Узима кадионицу и у њу ставља тек мали грумен тамјана. Не може да сакрије свој тврдичлук чак ни када се Богу моли, онако, расејано. Неспретно закрсти празничну икону димом тамјана, нешто на брзину изговори и поново седе за сто.

Молитва тражи сабраност и лепоту мисли, јер и ми њоме тражимо оно највеће и најпотребније од Бога. Никодим то не разуме и „моли" се само због тога да би удовољио својој побожној супрузи. Не зна да се угађа најпре Богу па тек онда људима. Много је тога супротног у његовом и Емилијином карактеру. Можда им је управо то и чинило равнотежу у браку све те дуге године? Или ће пре бити да је Емилија она за коју је и сâм апостол рекао да може спасити свога мужа!

Враћа му се живост и бисер очију, јер у трпезарију поново улази она. Вешто поставља сто, при том не погледавши ниједном у њега. Довољно је то што Наташа оборене главе и тужног лица, ћутећи седи за столом, па да јој одмах све буде јасно.

„Зар опет? Због чега никада не може да буде нежан према њој? Забога, па кћи му је и сигурно зна колико јој је биће крхко! Зашто је онда срцем тако далеко од ње? Не, он је не мрзи. То никако не може бити. Због чега би? Зар се може мрзети своје дете? Никодим је једноставно такав, груб и хладан према њој, и то је све. Али, зашто? Ма, он је сигурно воли, али не зна или не жели да јој покаже своја осећања како би она у њему видела нарочиту заштиту мушкарца. Можда би је поколебао ако би сагледала његово мекано срце? Али, да ли га он има? Груб је. Нежној души осим љубави треба и сигурност, неко ко је чврстог карактера и на чијем рамену читаву ноћ може проплакати. Емилија, забога, уразуми се! Па он уопште нема јак карактер. Признај себи! Он је гура од себе, а ја не могу више да поднесем ту вечиту, мени дату улогу, да будем она страна разума која стоји између њих и смирује све. Овога пута и мени је доста свега тога! Али, ако кажем нешто погрешно, покварићу ово предивно, празнично вече. Ионако је Никодим својим строгим опхођењем према Наташи већ бацио сенку на њега. Још ако и ја сада будем неразумна и кажем било шта... Али, не могу довека ћутати! Ко ће њу заштитити некада? Боже, шта да радим?“

Није то био први пут да се Емилијина душа тако мучи због све дубљег јаза између свог супруга и кћери. Увек је јако заболи и унесе немир и неку злу вољу. Она их немерљиво воли. Обоје подједнако. У љубави не прави разлику. Али, због чега су њих двоје тако далеки и једно другом готово туђи? Наташа га се чак и плаши, а он је увек равнодушан према њој. Тако далеко је онај дан у коме су њих двоје последњи пут као отац и кћи прошетали обалом поред језера. Она и не памти више када је од њега добила неку укосницу, бисерне минђуше или шта слично, а већ је одрасла девојка и све чешће и дуже стоји испред огледала поправљајући своју дивну косу, свесна своје привлачности. Лепа, не мање од мајке. Али, он то као да и не примећује. Незаинтересован, као и обично.

Емилија се на тренутак врати у не тако давну прошлост. Лице јој се сасвим измени. Згрчи. Чинило се као да је неповратно изгубило онај благи осмех. Није добро присећати се нечега што нам је остало за леђима и што нас јако заболи, узнемири и душу намучи. То готово да свако зна, али мало је оних који и успевају у томе.

Устала је не сачекавши да и они заврше са вечером, стала поред прозора, видно узнемирена, и замишљено погледала низ улицу. Није њу занимало шта се догађа изван њиховог дома, у туђој кући. Не. То увесељава једино ситне душе, а она није таква. Хтела је само да сакрије свој поглед, а можда и сузе од њих. Није више могла да трпи ту мајчинску бол која кида душу као тупо копље.

Стајала је дуго и непомично, закрштених руку. Зажмурила је и погнула главу према грудима. Присетила се онога дана када је затекла уплакану Наташу како седи на кревету своје собе са разбацаним сликама свуда око ње. Коса јој пала тек мало преко очију, а она приргрлила и чврсто стегла повећу, стару и укусно урамљену фотографију. Никодимову, њеног вољеног оца. Није ни приметила када је Емилија ушла у собу и, као у неком заносу, непрестано је понављала:

„Оче, зашто ме не волиш?”

Пришла је кћери, али она је, постиђена, истрчала из собе. Није желела да било ко види њену тугу и болећивост душе.

Овај немио догађај јако је потресао Емилију. И сада, док се присећа свих тих појединости, осети како јој топла суза клизну низ прелепо лице. Било јој је немогуће да је заустави. Бол у грудима све више се надимала. Успела је некако да се прибере, и да се чак, напрежући се, насмеје. Окренувши се према њима, тихо упита Наташу:

„Душо, хоћеш ли сада свој омиљени колач? Одмах ћу га донети.”

Никодим ју је погледао са неверицом. Једноставно, није трпео да му се она у потпуности не посвети. Није и њега понудила колачем и то је повредило његово самољубље. Истина, он је волео Емилију, али изнад свих и свега, себе. Накашљао се како би скренуо њену пажњу. То му је обично полазило за руком. Овај пут било је узалуд. Могао је чак и да маше рукама испред њених очију — она га ни тада не би приметила. Не зна шта јој је било у мислима пре само неколико тренутака и због чега није могла сада ни да га погледа. Он не осећа ту њену, мајчинску бол због незадовољства кћери, његовом кривицом. Ни то не примећује, јер да је другачије не би више повређивао Наташу. Гневан, љутито повика:

„Можда бих и ја тај твој колач, Емилија!”

Гладала је у Наташу не обазирући се на њега и на његову примедбу. Благо се осмехну јединици и кратко, не скидајући поглед са ње, равнодушно му одсече речима:

„Одмах ћу ја.”

Никодим је већ био приметно нервозан. Кршио је руке, гризао усну и несмотрено пребацивао Наташи због тога што се Емилија тако понаша према њему. Она је само кротко слегнула раменима, отрпела и овај пут и спустила поглед како би га сакрила од њега. Није могла да гледа у то грубо, намрштено лице.

Убрзо се појавила и Емилија са свечаним тањирима и брижљиво исеченим колачима у њима. Никада није губила осећај за лепоту. Увек је све пажљиво припремала како би им угодила. Тако и овај пут, иако је сада најмање важно то да ли су колачи, укусни и марљиво исечени, у прекрасним, цветним тањирима или у било којим другим. Зар ће то нешто променити сада када Никодим нервозно повлачи дим за димом своје цигарете, бацајући мрљу на вече које је пријатно светлело и обећавало велику радост и срећу. Његово самољубље га је победило. Није више обраћао пажњу на то што му је Емилија увек говорила да не квари мирис тамјана порочним димом, и то још сада док гори кандило под празничном иконом Светог Јована Крститеља. Био је љут и дао је себи за право да чини шта му је воља, не обазирући се на то што то некоме може засметати.

Погледала га је помало прекорно, непомично стојећи насред трпезарије. Није вредело. Вероватно ни сâм не знајући због чега, да ли из неке обести, тврдоглавости или чега већ другог, устао је и угасио кандило, иако је добро знао да оно остаје да гори до наредног јутра увек о великим празницима. Можда је тако желео да јој узврати, гневан због скромне пажње према њему? Гледајући је са подсмехом, вратио се и сео за сто, а онда грозничаво и опет, повикао:

„Није ти ово црква, Емилија! Доста ми је твојих књига, кандила и тамјана! Видиш ли да ништа више не ваља, не иде? А ти? Молиш се Богу! Узалуд је то што те ја волим када је теби твоја вера испред свега. Мени треба пажња. Теби, кажеш, молитва? Превише је свега! И неразумевања и супротности мишљења. Мени треба жена, а не бела монахиња! Црква, црква, увек и само црква… доста је више с тим!”

Емилији су тањири испали из руку и разбили се о под. Стајала је у неверици, широм отворених уста. Одједном, све му смета. Знала је добро да он није побожан, али ово је био први пут да тако гневно иступа против њене вере, а самим тим и против ње. И зар само због тога што је по ко зна који пут покушала да премости тај јаз између њега и њихове кћери, за који је, била је сигурна, он кривац? Није знала за разлог његовог нездравог држања према Наташи. Никада јој га није ни хтео рећи, неубедљиво понављајући увек исто — да је све у реду, иако су чак и суседи приметили да то и није баш тако, а не она која је увек ту са њима.

Наташа је скочила. Лом порцеланских тањира препао је њено нежно, девојачко срце. Почела је помало хистерично да плаче. Рукама је више пута прошла кроз своју дугу, неговану косу. Повукла се одмах у своју собу, растројена од свега што се догађа.

Никодим је без и мало грижe савести оптужио Емилију за читаву ову незгоду, залупио вратима и изашао напоље. Није јој чак ни рекао куда иде. Празничне вечери окупљају и чвршће везују, зближавају најрођеније. Требало би да се сви радују тој незалазној светлости која се тада рађа, да поштују и указују једни другима љубав. Емилију је по ко зна који пут повредило то што код њих одавно већ није тако и узалуд се трудила да не мисли о томе. Болело је. Јако. Сваки празник за њу је посебан и зар је Никодим могао да им учини све ово? И после свега тога да оде само он зна куда!

Брзо се прибрала и утрчала у Наташину собу. Она је тамо и даље плакала. И овај пут седела је на кревету, као и онај дан, окружена свуда разбацаним сликама и отирући сузе праменом своје предивне косе. Урамљена очева фотографија коју је само пре неколико дана држала у рукама, разбијена и расута по поду, откривала је њену дубоку повреду осећања. Емилија јој је пришла, дрхтава од бола којим их је Никодим обе понизио. Погледале су се и без иједне речи, знале меру туге једна другој. Наташа је обгрлила мајку рукама и болно је упитала:

„Мама, због чега нам то ради?"

Јецала је не испуштајући је из загрљаја. Тако је била барем мало спокојнија. Мајка је успела некако да је умири. Заспала је тако, на њеном рамену, као пре читавих двадесет година када ју је родила.

Јутром је светлост зашла у Наташину собу, а за њом и Емилија. У рукама је држала прелепу, белу хаљину.

„Устани, душо. Данас је празник Светог Јована, пророка и Крститеља Христовог. Волела бих да овај пут заједно одемо на богослужење. Од цркве су једном већ звонили. Хајде, мила моја, нико и ништа нам не сме покварити ову превелику радост."

Блистала је од среће и као да је већ заборавила на претходно вече и читаву ноћ. Није спавала нимало, чекајући Никодима да се врати. Осмехнула се Наташи својим лепим уснама, оставила хаљину поред кревета и изашла како јој ни у чему не би сметала тог јутра и како би она у миру и тишини могла да се обуче. Изашла је понизно, као да је кривица претходне вечери заиста на њој. Једноставно, хтела је да Наташи овај дан буде посебан у животу. Трудила се у свим појединостима да је учини срећном. Барем тај дан.

Обукла се без оклевања. Радовала се што ће коначно први пут за својих двадесет година отићи на богослужење. Мајка није скривала одушевљење када ју је видела у новој, белој и дугој хаљини. Испред ње стајао је неко ко јој је најдражи у животу и то овако мио у својој лепоти.

Дуга хаљина прекрила је све чега се честите жене стиде да показују. Савршено је пристајала уз Наташину високу фигуру. Златна коса пала јој преко рамена и готово до дна леђа. Миле, кестењасте очи, плене великом добротом и наклоношћу. Осмех јој открива јаркоцрвене усне, свеже и нетакнуте било чим што би нарушило њихову природну лепоту.

Емилија је без милости оптуживала себе што за све ове године није успевала да убеди Никодима да јој дозволи да им и кћер посећује богослужења. Око тога су се пуно пута посвађали. Овога јутра није се ни трудила да га у било шта убеђује. Једноставно, донела је Наташи ту најлепшу хаљину коју је пронашла и пожелела да и она пође са њом. Он се ионако дуго није будио, уморан од непроспаване ноћи.

Корачале су у тишини једна поред друге. Свака у својој мисли и нарочитој радости. С времена на време, Емилија би нежно ухватила кћер за руке, осмехнула се и прошапутала јој да је јутрос посебно лепа и да је мајка пуно воли. Младом, женском срцу то много значи. Објаснила јој је да бела хаљина симболише чистоту и невиност, али и велику радост и светлост данашњег празника. Наташа је само потврдно климала главом, разумевши мајку због чега јој све то говори. Знала је да се у цркви дешава нешто чудновато и велико и да због тога треба обући нешто најлепше и са собом унети најчистије мисли. Толико јој је мајка говорила. Више од тога не, јер јој се Никодим силно противио. Била му је послушна и увек верна. Морала је заћутати о свему ономе што је сматрала круном живота — о вери у Бога и труду човека да живи по Његовим заповестима.

Звона су још једном дирнула срца свих оних што су им јутрос кренули у сретање. Њима се мере наши преостали, земаљски дани. Као часовници на којима су откуцани сви наши сати проведени у добру или злу. Наговештају вечност. И обећавају радовање.

Мајка се пажљиво прекрсти. Наташа учини исто, благо наклонивши главу према грудима. Прва литургија на којој је била, остаће јој у сећању по многим појединостима које све скупа чине велику радост и срећу. Самим тим што је прва, остаје посебна. Упамтиће заувек тај мир што јој је обрадовао душу и дао нова крила. Нову снагу за живот. И црквени хор како једним гласом пева анђеоску песму. Светлост од многих упаљених свећа и кандила, и ону што је скромно улазила кроз високо постављене и омалене црквене прозоре. Причест. И све те људе што Чаши прилазе са страхом и враћају се озарених, блиставих лица. Колико јој је само радости зашло у душу при богослужењу! Била је спокојна и задовољна као никада до тада.

Није скривала своје одушевљење од мајке и већ у повратку кући, рекла јој је да би убудуће хтела увек да иде са њом недељом у цркву. Емилија је била пресрећна због те њене жеље. Било јој је јасно колики је утисак оставило богослужење на њу. Радовала се због тога.

Празнични ручак прошао је без иједне изговорене речи. Наташа је била видно радосна, али помало и замишљена. Пријала јој је тишина. Није желела да јој било која груба, неодмерена реч, поквари добро расположење. Ипак, страховала је од тога како ће ствар са оцем ићи даље. Осећала је читавим својим бићем велики раздор у својој породици. Синоћ им се само једним делом приказао пред очима. Добро су то знали сво троје. Могли су само да наслућују како ће све даље тећи.

Никодим није желео да било шта промени у свом опхођењу према кћери, и једино је он знао због чега је такав према њој. Емилија је наслућивала да је узрок његовог таквог понашања нека значајна тајна из прошлости. Радовала се што је њихова кћер пронашла себи мир у молитви, и што више не пати толико због тога што је отац упорно одгурује од себе. Једино што јој је било битно јесте да њу заштити колико може и да јој пружи удвостручену љубав — једну своју, мајчинску, и другу за оца. Волела је Никодима увек. И сада. И он је њу. Али, Наташу је почео још више да избегава како је приметио да она све чешће одлази у цркву. Ипак, томе се барем више није противио. Понашао се према њој као да му је пасторка, а не кћи вољене жене. Узалуд се Наташа трудила и даље да га одобровољи. Сваки пут би је грубо одбио. Удаљавали су се једно од другог, повлачећи се свако у своје биће.

Ма шта да је Никодим сакрио за све те године заједничког живота од своје супруге, учинио је то врашки лукаво. За чудо, чак му је и успевало да увек ућутка Емилију готово истим речима:

„Претерујеш као и увек! Зар рођену кћер да не волим, Емилија? Мисли су ти рђаве, драга моја!"

На овај начин он је њу чак и окривљивао као некога ко умишља и чије су мисли сумњичаве, врло ружне и мучне. Ипак, ову своју лукавост више није могао понављати. Свима је постало јасно да је иза тих речи прикривао неко своје недело о коме је годинама ћутао. Непознато за њих две.

Наташа је редовно одлазила у цркву. Најпре сваке недеље и о празницима са мајком, а онда и на сваку вечерњу службу, сама. У читавом том метежу у својој породици, остала је прибрана и спокојна. Почела је и много да чита. Углавном житија Светих. Трудила се да им следује колико може. За њу је почињао један нови, виши живот. Остајала је до дубоко у ноћ у труду да спозна и открије величину Божје милости. Никодим то није ни примећивао. Усамљена, међу књигама и иконама, пронашла је неизрециву утеху и радост. Чврстог карактера, каква је увек била, остала је доследна и ревносна и у потрази за Богом. Њена душа била је као чисти, планински поток, набујао од велике мудрости и пламене молитве коју је лако задобила. Почела је и да пева у црквеном хору. О свему томе Никодим је мало знао. Није му ни сметало, јер је био заузет собом и неким својим новим „пословима". Емилија је била поносна на кћер. Срце јој је било до врха испуњено када јој је рекла да је чак пронашла и своју љубав у цркви и да ће се, сасвим извесно, и удати за Николу.

Он беше честит младић. Знао је оно најважније — да искрено воли. Сродна душа са пуно чисте љубави. Био је спреман да жртвује све за Наташу. Уопште, све што је имао, а имао је много, као племенит и карактеран младић. Чак и свој живот, ако затреба!

Наташина срећа, као и све остало у њеном животу, уосталом, родила се и одгајила далеко од очију њеног оца. Страховала је да он неће прихватити

Николу, разумљиво, јер ни њу никада није. Али, зар постоји неко од људи ко може зауставити срце које искрено воли? Оно је ризница најдрагоценијег блага што се не поткрада. Човек живи док у њему има љубави, док је бespoštedno другима даје.

Молила се у Саборној цркви сваки дан и дуго да Никола заувек остане с њом. Ноћима је у својој соби стајала уз прозор, мршава од брига као сенка, стрепећи да јој отац не сазна за њену љубав. Плакала је, јер је никада није хтео разумети. Била је сигурна да неће ни овај пут. Али, од те велике неизвесности и скривања од Никодима, лако је могла душевно да оболи. Добро је то знала и због тога му је све и признала. Уосталом, Никола јој је већ и прстен дао. Рећи оцу за своју велику љубав и најпре од њега затражити благослов за брак, за кћери је ствар поштовања и велике среће. Али, Наташа се није могла унапред радовати. Познавала је незгодну нарав свога оца.

Изабрала је наизглед повољан тренутак да саопшти оцу своје намере. Седео је удобно заваљен у широку фотељу, прелиставајући једну од драгих му књига. Волео је да чита, али само лагане списе који не захтевају претерано удубљивање како би их могао без потешкоћа разумети. Увек је говорио да књига треба да опусти нерве човеку, а не да их додатно напрегне дубоким размишљањем. Наташа је мислила сасвим другачије. Она је вешто гребала испод површине готово сваке речи. Ту особину наследила је од мајке на коју је све више личила.

Покуцала је на врата његове собе и затражила да седне. Прихватио ју је као никада до тада. Чак је себи допустила и мисао да ће се све уредити како ваља. Отпочели су разговор о књигама, надањима и сновима. Први пут су разговарали као отац и кћи.

Наташа је блистала од радости, готово убеђена да је Никодим из корена променио држање према њој. Поверовала је и у то да сада покушава да јој дарује ону пажњу коју јој је дуговао свих протеклих година. Ипак, преварила су је очекивања пуна наде. Он је био доброг расположења из сасвим другачијег разлога — претходне вечери остао му је велики добитак од коцке. То је била новина у његовом животу и о томе њих две ништа нису знале, али су наслућивале да се нешто чудно дешава. Да, он се мењао, али не онако како је то Наташа у својим мислима желела. Пао је за степеник ниже, окован страшћу коју је успео вешто да сакрије од њих, али не и од себе.

Узела га је за руку, охрабрена својом погрешном проценом да ју је отац коначно заволео, и стидљиво прошапутала:

„Оче, хоћу нешто да ти признам! Заправо, да затражим благослов најпре од тебе. Ја сам заволела Николу, кујунџијиног сина. Он је наследио занат од свога оца Павла и прави ванредно лепа кандила. Живећемо од труда својих руку. Мојој радости нема краја, оче!"

Очи су јој заблистале. Уверљиво је говорила о својој великој срећи. Осмехнула се Никодиму, задовољна, и села ближе њему.

Остао је затечен. А онда као да му се сва крв слила у главу и разум помутио. Поскочио је и љутито треснуо ногом о под. Подужа коса пала му је преко лица, пребледелог од неког ужаса, а онда је оно добило ону нездраво јаркоцрвену боју од гнева. Бацио је књигу из руку на Наташу и повикао, затежући вратне жиле готово до бола и пуцања:

„Проклињем те, Наташа! Одлази! Нећу да чујем од тебе ни речи више. Ни о теби. Не тражи више места под овим кровом. И не помишљај да се икада вратиш! Губи се, балавице!"

Дрхтала је преплашена његовим готово зверским очима. Истрчала је из собе, повређена и болна. Чинило се да је заувек залупила врата за собом.

Исте вечери поздравила се са мајком. Много је дирљивих погледа, нежних загрљаја и туге када се растају два бића чистих срдаца што се искрено воле. Плакале су обе, али добро су знале да другог пута за њих нема. Она одлази, а Емилија остаје са Никодимом. Тако мора. Заиста, понекад у животу и не можемо бирати. Понекад нас околности гурну тамо где им је воља и на нама је једино то да некако издржимо и изађемо јачи из свега. Бринула је за Никодимово душевно здравље и зато није ни могла бирати између тога да остане са њим или да оде са кћерком, иако јој се срце за њом сушило. И ту ништа није могла променити, јер

Наташа одлази далеко од њених брижних, мајчинских очију. Он остаје, а ако би био сâм, без ње, можда би се, очајан, и убио! Емилија то никада не би опростила себи. Савест би је прогутала. Али, он! Проклео је њихову кћер ни за шта! И са таквим човеком требало је некако ићи даље кроз живот. Сачувати га од њега самог. Уразумити га и убедити временом да затражи опроштај од кћери због свог тог бола што јој је нанео.

Наташа је изашла из свог дома са мало речи и много суза. Емилија је остала у трпезарији гушећи се од бола што је кидао без милости њено осетљиво и нежно срце. Није имала снаге да је испрати до прага. Ништа мајку не може да заболи као удес свог вољеног детета. Гледала је кроз прозор, дуж улице, добро знајући да ће Наташа ускоро туда проћи, леђима окренута дому из кога ју је отац, можда и неповратно, отерао. Трчао је за њом, али не због тога што је хтео од ње да затражи опроштај. Далеко је било његово срце од свега што се милошћу зове, а он неспреман и горд да призна своју кривицу. Избацио је Богородичину икону пред којом се Наташа увек молила. Пала је на плочник. Оштећена, али и даље онако лепа и мила као и пре. Зар јој човек у својој лудости може наудити? Наташа се сагнула, подигла је и повикала му, сломљена од бола:

„Њој се моли, оче! Видиш ли шта ђаво чини са тобом?"

Потрчао је и, раздражен, пљунуо за Наташом. Ето шта гнев може направити чак и од умног човека, а Никодим је то, поред својих многих слабости, заиста и био. Њу ништа више није могло повредити, ма шта да је учинио. Чврсто је стегла икону и појурила низ улицу ка Николи. Већ наредног јутра њих двоје су отишли из вароши и започели за њих један другачији, заједнички живот.

Емилија и Никодим ни о чему дуго нису говорили. Данима су ћутали једно од другог. То је она тишина која не даје мира човеку. Напротив, мучи га. Она је плакала и мислила једино на своју несрећну кћер. Неколико пута у истом дану улазила је у њену собу и гледала у кревет. Био је увек уредно намештен. Није било никога више ко би спавао на њему

Распитивала се у вароши о Николи. Желела је да буде сигурна да ће Наташу бар он разумети и чувати кроз живот. Знала је да је честит младић и то јој је уливало наду. Давало јој храброст да се сасвим не сасуши од бола и туге. Успела је да пронађе његове родитеље тек са доста муке. Из тог сусрета са њима сазнала је због чега је њен супруг био против брака њихове кћери и Павловог сина. Наиме, не баш тако давно, Никодим је од овог поштеног човека узео новац у зајам, чврсто му обећавши да ће му га још сутра вратити. Био му је потребан за коцку, разуме се. Никада више није отишао к њему! Тек касније, срели су се у крчми, не пуким случајем, јер то не бива. Човек је упућен на човека и тако га и проналази. Случајности нема!

Никодим је бранио своје „поштење и невиност" пред људима са којим је седео за истим столом, окушавајући срећу у коцки по ко зна који пут. Увредио је Павла пред свима рекавши да је он нитков и лупеж, и да не зна о каквом он то новцу говори. Павле, који одлази у крчму само неколико пута годишње како би сазнао покоју новост, узео је свој капут, ставио капу на главу и изашао. Није хтео да доказује своју невиност, а Никодимов грех, и да разоблamong његову клевету. Кротко је поднео ову лаж, чак и не погледавши прекорно у њега.

Може бити да је Никодим управо због неправде према овом врлинском човеку, утрнуо од муке када му је Наташа саопштила да се удаје за његовог сина. Јер, од њега и Емилије се сада очекује да посете и да се спријатеље са оцем и мајком изабраника њихове кћери. Љубав Наташе и Николе требало би да зближи и њихове родитеље. Али, како то Никодим да допусти када је рђаво поступио према том човеку? И како се то не би догодило, он је без и мало грижe савести проклео кћер која му је ионако увек због нечега сметала. Истерао ју је из дома у којем је одрасла. Чак јој и рекао да се никада више не враћа! Лакше му је било да због његовог греха неко други страда, па макар то била и његова кћи, него да призна своју кривицу и затражи опроштај од човека коме је нанео штету и неправду! Толика је његова себичност и самољубље! Велика гордост. И због тог његовог неизмиреног рачуна, због ругобе његовог карактера, трпело је и патило Наташино срце. Где је ту правичност? И када је искрено заволела Николу, зар треба било ко да њиховој срећи стаје на пут?

Емилија је тек од Павла сазнала за супругов порив, вешто скриван од ње. Није ни наслућивала да је он много новаца остављао за коцкарским столом и не намеравајући да изађе из тог вртлога. Ма колико да га је волела, почела је ипак сумњичаво да размишља о могућности да и даље остане са њим. Превише је тога што ју је одвлачило од некада поштеног и брижног човека. Није хтела да дозволи да он уништи и њен живот. Скупила је храброст и приговорила му што она не зна где он то стално одлази готово сваке вечери. Прећутала је тај сусрет са Павлом, јер ако би му рекла за њега може бити да би га то довело до душевне болести. Зар да му каже и то да зна због чега је Наташу истерао из њиховог дома? Не, то никако не би ваљало. Добро је говорити истину, али некада је ваља и прећутати и сачекати повољан тренутак за њено саопштавање. Њена љубав према Никодиму рађала је и ту наду да ће се он вратити са кривог пута. Ипак, узалуд је све било у почетку. Наставио је да се коцка. Чак је почео и да се опија. Крчмарски свет једино је још то и могао да му понуди. Можда је и патио за кћерком, Бог зна. Ипак, немогуће је да је никада није волео.

Наташа је писала мајци дугим и честим писмима. Из њих је Емилија осетила колико пати за њом и због тога што ју је отац проклео. Тражила је од мајке чак и да измоли од Никодима опроштај, иако је добро знала да на њој нема кривице. Била је спремна да се понизи до самога дна само да би је отац прихватио.

Није хтео ни да чује за то. Понављао је сваки пут да је њихова кћер умрла за њега. Емилија се трудила да пише увек ведра писма како је не би додатно жалостила. Није хтела да јој саопшти то што је чула од Павла. Распитивала се за њено и Николино здравље, и обећавала увек да ће ускоро доћи. Хтела је да јој улије бар неку наду и не слутећи да ће убрзо и она отићи од Никодима.

Њена јединица узела је омален стан у закуп код Марте, једне посве чудне и некарактерне жене. Округлог лица и очију у којима није било тешко препознати ону трајну мржњу према свима и према свему, Марта је одавала утисак некога ко је готово увек зловољан и коме је нарочита тешкоћа да се бар понекад насмеши. Глас јој је надмен, помало претећи. Покрети спори и незграпни. Личила је на некога ко је много претрпео у животу и кога су сви изневерили и унизили, па је због свега тога и сама постала таква, налик својим злобницима. Као да је свима њима хтела посебно да се свети, поставши груба и без осећаја за морал и законе живота. Бог би знао шта је све носила у окамењеној души, али једно је сигурно — та жена је презирала чак и онога кога први пут види и ко јој засигурно ништа нажао није учинио. Тако је одмах постала груба и према Наташи, без икаквог повода за то.

Њена кћер, Оља, била је Наташиних година и ни по чему није подсећала на своју мајку. Лепих црта лица, скромног погледа и помало стидљива, уveselила би душу свакога ко би се загледао у тај њен пријатни лик. Љупка, веселе нарави и необично велике кротости, одмах је дошла до Наташиног срца. Сродним душама није тешко да се препознају и одмах вежу. Остајале су до дубоко у ноћ. Причале о својим жељама, патњама, о људима које воле и онима од којих су страдале у животу. Оља је нерадо говорила о своме оцу. Оставио је њу и мајку када су јој биле непуне две године. Није га ни упамтила. Каже, он је крив што јој је мајка таква. Због њега Марта мрзи све и свакога. Иако је, без сумње, лош и нечастан човек, Оља га ипак воли и носи његову слику око врата увек са собом. Отворила је невелики медаљон, примакла га Наташи и тужно прошапутала:

„Ето, Наташењка, ово је мој отац. Никодим. То је све што знам о њему. То, и да је оставио своју кћер и супругу не рекавши ни речи!”

Наташа је пребледела. На медаљону је препознала лик свога оца. У неверици, изгубила је свест и пала поредОљиних стопала.

Дуго после те ноћи тражила је начин како да јој саопшти да су оне сестре. Како ће то рећи и Емилији? Сазнала је због чега ју је отац читавог живота гурао од себе и на крају чак и проклео! Он није могао готово ни у очи да је гледа, јер је у њој увек видео иОљу коју је напустио и никада јој се више није јавио! Данима је плакала, у чуду покушавајући да схвати какав је човек, заправо, њен отац. Болело је то што је чула од Оље, али у некој мери била је и радосна, јер после толико година сазнала је да и она има сестру! Предивну душу, Ољу.

Различитости у осећањима су је ломила. Нагло је смршала. Имала је велику љубав према сестри, али није успевала баш увек да се ослободи мисли да су због Никодима обе страдале. Тужна, тада би се гушила у сузама.

Није се одвајала од Ољe. Имала је потребу да јој све и одмах каже, али то никако није било лако! Грлила ју је не желећи да је икада испусти из својих руку. Била је нежна према својој четири године старијој сестри, трудећи се да она не примети ту промену на њеном лицу од када је сазнала да је Никодим отац и једне и друге. Најпре је све испричала Николи и тако барем мало олакшала себи. И поред свега, трудила се да разуме оца и да га не осуђује.

У то време стигло јој је и дуго очекивано писмо од Емилије. Писала је из манастира. Са великим болом ипак је у њему открила кћери да јој је отац постао страствени коцкар и пијаница и да је са њим живот постао готово немогућ. Није могла више да се носи са његовим слабостима. Била је јака, али његове страсти су је ипак надјачале. Обећала је да у манастиру неће остати дуже него што је потребно да добије мир душе, а онда ће им сигурно овај пут доћи. Наташа је ноћима плакала због свега онога што је сазнала за тако кратко време о оцу, кришом како Никола не би приметио њене сузе. Није хтела и њега да оптерети. У томе је јачина њене љубави према свом драгом. Чврсто је одлучила да све испpича Ољи пре него што Емилија дође. И учинила је то у једној од оних ноћи у којима су, обично, остајале до зоре у разговору.

Ољa је тада била необично весела. Увртала је прстима своју дугу, плаву косу и задовољно се смешила. Говорила је дуго и без нарочитог реда о неком свом обешењаку. Била је одушевљена његовим карактером дечака, незлобивим и искреним, тако да јој уопште и није сметало то што је толико неозбиљан и за своје године незрео. Веровала је да је необично задовољство и радост провести живот поред некога таквог. Искрено је заволела тог младића, а када је тако, све је много лакше и срцу драже.

Кротко је подносила сваку увреду од мајке и сваког другог ко није могао да осети ту велику нежност овог милог бића. Знала је да са њом дише неко ко је искрено воли, тај њен обешењак, како га је сама звала. А када човек осећа чисту и велику љубав, може ли му ико и било шта наудити? Оља је дивна и племенита душа, велики човек и добротвор за свакога, тако да би се повређивање њеног срца могло сматрати највећим злочином!

Наташа је дубоко уздисала слушајући је како говори у заносу о ономе кога воли. Често јy је прекидала како би у њеном загрљају осетила тај преслатки мир који нам могу пружити само они што нас искрено воле и поштују. Њих две су толико постале блиске да међу њима више нису постојале никакве тајне, а то је врхунац поверења и блискости. Исповедала се и она дуго, признавши како јој је живот без Николе био велика патња, јер је и њу отац много повредио. Био је уз њу, а као да није. Признала јој је чак и то да јy је проклео. Уосталом, она ће јој можда већ и у наредном тренутку, рећи и ко је, заправо, њен отац, и несумњиво, Оља ће после велике неверице засигурно затражити од ње да јој све исприча о њему. Толико јy је заболела њена судбина да је у једном тренутку кроз плач, тихо изустила:

„Наташењка, толико је заједничког у нашим животима. Готово исти, тешки усуди. И теби је твој отац нанео боли као и мени мој. Као да живимо један живот! Драга моја... Наташа... Волим те као рођену сестру, мила моја.”

Наташа је на тренутак остала без гласа, али добро је знала да је ово прави тренутак да Ољи каже сву истину. Успела је да се прибере и тихо, обазриво бирајући сваку реч, прошапутала:

„Ја и јесам твоја сестра, радости анђела! Никодим је и мој отац! Ону ноћ сам изгубила свест видевши слику на твом медаљону... разумеш сада?”

Оља је стајала широм отворених уста, не померајући се ниједним делом свога тела. Збуњено је гледала у сестру коју је упознала тек после више од двадесет година! Није могла да поверује да је неким, само Богу знаним путем, после толико времена и на чудесан начин дошла њој. Дуго је остала тако непомична не говорећи ни једне једине речи од силине изненађења. Затечена овом истином, некако је успела муцаво да проговори:

„Ми... Ми смо сестре... Никодим... Он... Он је и твој отац?"

Наташа јој је пришла и чврсто је загрлила. Заплакале су обе. Од радости и великог узбуђења. Сачекале су зору први пут као сестре. Сада су то обе знале.

Ти наредни, за Наташу посве другачији дани, били су испуњени до самога врха. Било је у њима свега. Највише мучних осећаја да некоме треба саопштити нешто тако крупно, а онда и велике радости. А када је и Емилија испунила своје обећање, и са раширеним рукама стајала на прагу новог дома своје кћери, њеној срећи није било краја. Дуго су држале једна другој руке око врата, говорећи најнежније речи чисте и велике љубави. После толико времена њихове раздвојености, освануо је празник за њихове намучене душе. Биле су готово сигурне да се више никада неће тако дуго одвајати једна од друге ма шта да им се догађало у животу.

Много јаких емоција у само неколико дана нарушило је Наташино здравље. Лежала је у постељи, али не задуго. Као да је тек тада постала свесна свега шта јој се издешавало за тако кратко време. Убрзо се опоравила и радосно грлила час сестру, час мајку. Морала је да пази на себе и да се не узбуђује преко мере, јер Господ је благословио њу и Николу. Са великим нестрпљењем чекали су да у свет крочи плод њихове велике љубави — чедо за које су већ и име бирали! Оља је једино знала за то. Наташа није хтела да било шта говори мајци, верујући да ће јој она доћи и да ће се тада заједно радовати. И ето, њена жеља није остала неиспуњена.

Емилија је дуго остала код кћери и Николе. Сваким даном је одлагала повратак Никодиму. Тешко је одлучити се и кренути из великог спокоја и радости и отићи тамо где је све у великој неизвесности и готово непознато пропало. Он је сигурно наставио по своме, онако како то он хоће. Као и увек. Најбитнији себи. Опијен, сваке вечери седи у задимљеној крчми у друштву оних равних себи. Мислила је на њега увек. Стезао ју је као омча тај његов промашај. И поред свега волела га је и даље и веровала да још увек има времена и наде за њега. Молила се сваке вечери да га Господ уразуми, да му покаже Своје Лице и да га избави од греховне смрти. Да ли због њених молитава или чега већ другог, Никодим је некако успео да се ослободи својих навика што су га водиле у пропаст. Бацио је карте на сто, и заувек се поздравио са људима који су му били сурогат давно изгубљеног породичног живота. Те вечери чак није ни пио.

Залупио је врата крчме и усред ноћи кренуо ка Павлу, решен да најпре од њега затражи опроштај, а онда и да сазна адресу своје кћери. Вероватно је покајна мисао дуго сазревала у њему. Немогуће је да се у једној ноћи реши на искупљење и промени из корена. Јер, као што човек пада у кал, постепено губећи ваздух све више, исто тако и излази из њега, корак по корак. Само он зна шта му је било у души од Наташиног одласка. Испочетка није имао нимало грижe савести, али када га је она сустигла и бацила на земљу, више није имао куда до у потпуну пропаст или у искупљење. Залечити душу у којој је коров многих страсти и навика, нимало није лако и за то треба имати јак карактер, јер лако се може вратити на стари пут порока. Никодим, иако човек са мало љубави, себичан и надмен, имао је снажну вољу и то га је и спасило. Решен да се промени дао је целога себе за испуњење свега оног за чим му је душа вапила. Од гордог постати смирен, од себичног човекољубив, трновит је пут од кога стопала остају крвава. Чврсто је одлучио да пређе њим не жалећи себе. Жалио је једино што је многим људима нанео зло и унео им тескобу у животе. Закопао је сујету и понизно стајао на прагу дома човека кога је увредио. Широко Павлово срце, одмах га је прихватило.

Читаву ту ноћ остао је будан за својим радним столом. Бдио је над сликом кћери коју је проклео и писао јој писмо, тражећи од ње да му опрости. Молио ју је да му пружи још једну прилику како би јој показао да и он уме да воли и да га савест много мучи што је тако поступао са њом. Никада није касно да човек измени свој живот, да крене истинитим путем. То сви требају знати и научити се помирењу са онима који нам у покајању прилазе тражећи опрост од нас што су нам некада нанели увреду. Јер, да људи не знају за милост и да не умеју да праштају, чему би се Никодим могао надати сада када му је постало јасно коликс је људи повредио? А ако нема наде ни очајање није далеко! Да није знао колико дивну душу има његова кћер, зар би могао и очекивати измирење са њом?

У време свог преумљења Никодим се окренуо и Богу. Немогуће је пронаћи мир у души док се човек не обрати Господу и затражи од Њега милост свим срцем. Узалуд је то што нам ближњи опраштају ако нас савест не обори на колена пред Богом. Није довољно само поравнати дуг према људима.

Заједно са писмом послао јој је и своју највећу жељу: да му дође са Николом за Васкрс, како би његова, гресима намучена душа, могла и сама васкрснути. Све до тог очекиваног дана он је пролазио крсз патњу и велико страдање. Иако је знао да му кћер има велико срце, ипак је страховао да му се више никада не врати. Било је то његово распеће и под тежином свог крста надао се светлости неког новог живота у којем ће поново у његозом дому бити његова кћер и супруга. Он ће се потрудити да буде необично нежан и ведар према њима и да им угоди и тако се барем мало искупи за своје дугове. Данима је дуго седео у својој фотељи и размишљао увек о истом — о жељеном сусрету са Наташом. Пред очима би му заиграла њена прелепа коса и на тренутак би осетио како га чврсто грли и говори му како му је све опростила. А онда би се вратио из те опсене, тешко уздахнуо и вртео главом као да жели да запрети себи. Имас је и због чега.

Писмо је стигло до Наташе у Страсну недељу, на три дана пред Васкрс. Отворивши га препознала је очев рукопис и заплакала од велике радости. Осећала је да Никодим тражи од ње да му опрости. Овога пута се није преварила. Појурила је мајци и са отвореним писмом у рукама пала јој у загрљај. Емилија је љубила кћер не скривајући голему срећу што јој је озарила душу. Дуго су гледале једна у другу, смејале се, а онда обе плакале од силине осећања. Наташа је желела одмах да спакује ствари и да још те вечери сви крену Никодиму. Да му сви опросте. Али, већ следећа мисао ју је спречила у томе. Стајала је испред мајке и као заститђена нечим оборила поглед, свесна неизбежности да јој треба рећи за Ољу пре него што крену. Радост због очевог писма није могла бити потпуна, јер испред ње је стајала та крупна ствар. Оља јој је говорила да одмах све саопшти Емилији, чим је стигла код њих, и понудила јој своју помоћ, чак и да она каже све уместо ње. Наташа је одуговлачила и стално одлагала за неки други пут. Изнети тако важну истину пред некога ко би могао остати до краја живота њоме повређен, нимало није лако. За то треба велика храброст, а она обично долази наједном. И тада ништа више не може зауставити срце да каже то што хоће, што га мучи и раздире. Наташа је благо погледала у Ољу, а онда се окренула лицем према мајци и у једном даху, без паузе и готово истим тоном, изговорила:

„Мајко, време је да сазнаш од тебе и мене дуго скривану тајну. Оља и ја смо сестре. Никодим је, пре него што је и упознао тебе, имао кћер. Оставио је и кренуо неким својим путем, на којем је тебе упознао. Прећуткивао је то све ове године. Видиш, због тога никада и није могао да ми буде нежан и добар отац. У мени је гледао и Ољу и савест га је обарала. Ето, сада сви знамо све разлоге. Надам се и све оно што је скривено у његовом животу.”

Емилија је стајала у чуду. Збуњено је гледала у Наташу покушавајући да изговори било шта. Особина племените душе је, да када не може да говори од силине узбуђења, она једноставно дела, по срцу. Потрчала је према Ољи и чврсто је загрлила. Осетила је велику љубав према тој несрећној девојци и трудила се да она не примети ништа код ње што би је довело у нелагодан положај. Осмехнула јој се, чисто и ведро, прихвативши је као своју рођену кћер. Прешла је танким прстима по њеном убледелом лицу и пољубила јој чело.

„Па ви имате исту плаву косу. И очи боје кестена. Мора бити да сте вас две рођене сестре!”

Нашаливши се, успела је бар мало да смекша њихово камено и уплашено држање. И осмех им је био заједнички. Пресликан. Њиме су даровале Емилију, а онда дубоко уздахнуле и тако одбациле оне тешке стене ишчекивања и неизвесности из недужних срдаца.

Ујутро, Оља је саопштила Наташи да и она жели да пође са њима. Хтела је да после толико година упозна свога оца. Иако је он давно отишао од ње, она ће му ипак сада прва поћи и опростити му све. Величина искреног и чистог срца је управо у томе да оно прво пружи руку ономе ко га је повредио, желећи да се измири са њим и да му дâ неку нову наду и несебичну љубав. Замишљала га је како стоји између њих две и нежно их милује. Како не успева да се уздржи и одлази у осаму и како из његових очију потиче река покајних суза. Чврсто је загрлила сестру, угризла се за усну и тражила у њеном погледу одобравање своје жеље. Наташа се само скромно и кратко насмеши, милујући њену танку шаку својим дугим прстима.

Већ у наредном тренутку сви су стајали на прагу са претрпаним торбама — све је говорило да се неће баш тако брзо вратити. Никола је узео највећи део ствари у своје снажне руке, опомињући Наташу да она не подиже ништа. Заиста, беше то изванредно пажљив младић, сада већ озбиљан човек. Волео ју је тако чисто и јако, пазио на њу. Добро је знао све њене патње и колико је тога отрпела у животу. Хтео је да јој те године туге остану далеко иза леђа и због тога се трудио на све начине да јој надомести сву ту мушку љубав за коју је тако дуго остајала ускраћена. Није крио своје одушевљење када је од Никодима стигло писмо. Знао је колико оно значи његовој драгој. Ускоро ће и он постати отац и већ је осећао колика је бол не бити уз своје дете када му још увек требаш, а Никодим је Наташу чак и проклео! Сада му је то највећа горчина, јер он је могао и требао бити уз њу, а није хтео. И као наједном постао је свестан свог греха. Мора бити да се сада каје за сваку грубу реч коју јој је изрекао.

Воз је стигао на време. Да је неким случајем каснио, сваки тренутак његовог ишчекивања био би дужи од вечности. Тешко је човеку да остане миран и без узбуђења када се ради о нечем овако крупном. А поврх свега, још када би морао и да чека! Наташа је одахнула и са перона просто појурила у вагон. Журила је да се што пре нађе у очевом загрљају.

Путовали су готово без иједне изговорене речи. Свако је био заузет својим осећањем, надањем и својом тешкоћом што не одлази баш тако лако.

Ма колико да су се радовали сусрету са Никодимом, ипак остајало је то зрно слутње што није давало мира. Јер, може бити да његово срце неће поднети све и да ће једноставно пући када их угледа заједно. Оне које је жалостио. Ипак, њему се враћа кћер коју је проклео и она о којој годинама ништа није чуо! И жена, уз њу је провео толике године да би је на крају својим гресима приморао да га напусти. Како ће он прихватити све то? И све у једном дану! Дан пред Васкрс! Надао се и веровао да се приближио и час његовог личног васкрсења. То му је давало снаге да усправно дочека вољене особе, његовом лудошћу некада одбачене. Читао је све чешће Јеванђеље проналазивши у њему неку нарочиту вољу за животом коју раније није познавао. И не само што је била далеко од њега — он је чак и исмевао веру своје супруге и у крајњем богохуљењу, над самом ивицом душевне провалије, бацио је Богородичину икону на плочник за Наташом када је од њега одлазила. А сада понавља псалм за псалмом као некада цар Давид у своме покајању срца. Молитва му помиче уста којим хвали и прославља Господа, искајући опроштење и поравњење многобројних дугова. Охрабрен милошћу Божјом за коју дуго није знао, веровао је да ће му и ближњи опростити као што је и Он, једини човекољубац! За Наташу је наручио велику икону Христовог Васкрсења, насликану на дрвету. Икону победе над смрћу и грехом. Над свим човековим палостима. Хтео је са њом у рукама да дочека вољену кћер којој је много тога дуговао. Љубави и пажње, понајвише.

Смиривао се и тај дан у тихом и руменом заласку сунца на западу неба. Уморна од дугог пута, али и понета необичном лакоћом и радошћу што иде оцу, Наташа је прва отворила капију и потрчала ка Никодиму. Отворила је и врата његовог срца и ушла кроз њих. Затворио је очи и заплакао, држећи икону у рукама:

„Наташа, чедо моје! Опрости овом седом човеку његов грех! Радости моја, бисеру непроцењиви!"

Зајецао је и у великом усхићењу ставио јој руке око врата не испуштајући икону. Дуго су стајали тако. За њих двоје као да је читав свет заспао. Ништа око себе нису примећивали, у заносу љубећи једно другом уплакано лице. После толико неиспаваних ноћи, туге и бола, она је осетила да је отац искрено воли! А он, да му је кћер опростила што ју је проклео. Зар треба још нешто за њихову немерљиву срећу и испуњеност?

„Сутра је Васкрс, мила моја. Ићи ћемо сви заједно на јутрење. Нисам разумео твоју мајку због чега јој је тај дан тако посебан и величанствен у животу. Сада знам. Сада када сам понео свој крст и страдао од своје савести, верујући да ћу и васкрснути у бољег човека у Христу Господу. Кћери, о колико је диван и милостив Бог наш када нас подиже из нашег духовног кала. Ако је неко то осетио, онда сам то ја. Ја, некадашњи пијаница, коцкар и човек отврдлог срца. Без милости и љубави према теби, душо моја.”

Ставио јој је икону на груди дрхтавим рукама и помиловао је по образу. У свом заносу ништа није примећивао на њој. Чак ни то да јој је стомак заобљен. Та радост га је тек чекала. Сигурно ће га Наташа предухитрити и рећи му. Насмешио јој се топло и искрено. Први пут. А онда је нерадо склонио поглед са њеног прекрасног лица ког није могао да се нагледа и накратко се окренуо према Емилији.

„Знам да можеш. Знам, јер си то много пута учинила. Опрости ми и сада. Видиш и сама, ја сам сада други, бољи човек, који те више ничим неће намучити. Волим те, Емилија. И увек сам. Не тражим да ме разумеш, јер сам ти много тога рђавог учинио. Али, нека ми твоја широка душа пружи прилику да ти покажем да умем и хоћу другачије.”

Свакако му је опростила. Чак тражила и оправдање за њега. Својствено једино срцу велике љубави које чисто воли.

Оља се срамежљиво заклањала иза Николе, иако је свом душом желела да што пре падне оцу у загрљај. Први пут је гледала његово испошћено, наборано лице. Први пут слушала како он говори. Како молећиво стоји испред њих тражећи опроштај и рукама провлачи своје дуге прсте, жуте од дувана, кроз неуредну и запуштену, превише дугу косу. Коначно, стајала је у његовој близини после толико година од када је отишао. У оваквим сусретима не недостаје осећања љубави, праштања и милосрђа према оцу који је напустио своју кћер, али сада искрено хоће да измени свој живот. Нити жеље да га она чврсто загрли и да га никада више не пусти да оде од ње. Увек ту буде и много суза. А где их то нема? И наде која васкрсава тугу и некадашњи бол детета, одраслог без очеве љубави, у радост што га коначно види.

Није издржала. Спустила је главу и зајецала. Осетљиво, повређено и рањено срце лако заплаче. И сваки пут, након сваке проливене сузе, постаје још чистије и светлије. Наташа је пришла сестри и помиловала је својим нежним прстима по коси, а онда се вратила Никодиму, и сама заплакавши, тихо му прошапута:

„Приђи јој, оче. Загрли је. Пољуби. Видиш, она рукавом отире сузе туге, али и радости подједнако. То је Оља, твоја кћи!”

Стајао је затечен. Укочен. Лица равног и непроменљивог, као на слици. Полуотворених уста и главе забачене у страну. Муцавим гласом говорио је нешто што ни сам није разумео. А онда, као човек који губи свест, кренуо је ка њој посрћући на сваком кораку. Потрчала је и пала му у наручје. Дуго је љубила то старачко, изборано и суво, очево лице. Понављала му је, често губећи дах, да му је све опростила и да је сада спремна да га заволи.

Пришла им је Наташа, грлећи и љубећи час сестру, час оца. Измирене са њим и светлих, озарених лица, ухватиле су га једна за једну, а друга за другу руку. Кренули су према бунару како би умили свако своје плачевно и намучено лице, обећавајући да се никада више неће раздвајати, и да ће сутра, рано ујутро, на дан Васкрсења Христовог, ове и сваке наредне године одлазити у цркву на јутрење и благодарење Богу што их је поново све окупио. И васкрснуо и њихове животе из жалости у радост.

ЕКАТАРИНА

Одавно сам већ овде. И не знам да ли се могу поново вратити у живот са излеченим ногама. Данима већ лежим у болници. Без смеха. Без радости. Овде то човек не може пронаћи. Само мука и трпљење. Тешко ми је и да устанем из постеље. Тек када је сунце у затону, са великом муком одлазим до прозора и гледам у брезе у болничком дворишту. Жив човек тражи лепоту и онда када је немоћан. Верује да ће оздравити. Сав труд му је у оптимизму.

Сунчева бронза разливена по белим стаблима пада на насмејано лице дечака. Он безбрижно трчи за лоптом и свима се осмехује. Њега живот тек очекује, да га загрли и дарује многим радостима. Али, и обори, и озледи, јер на путу сваког човека увек има и трња. Оно душу загребе. Тако је са свима.

Приметивши да га посматрам, подиже своју ручицу, махну ми и настави са игром. Подсети ме на мог унука, Михајла. Уосталом, сва деца личе једно на друго, што се не може рећи за одрасле људе. Благих и радосних лица. Искрених очију и погледа који траже оно најлепше што човек може да им пружи. Сви смо ми некада били такви. Неки су то заборавили, притиснути многим гресима за свог века. Заборав, уз незнање, највећи је човеков непријатељ.

Одувек сам желео, трудио се да живим књишки. Нисам увек успевао у томе. Човек је непоновљива личност и немогуће је једним законом моралног живота подједнако обуздати свакога од чињења греха. Некима увек треба понављати да се чувају од чињења зла, чак и прекорити их.

Неки, опет, не потребују опомене, јер они тим законом живе и радо га прихвате. Нема истог лека за све нас, јер су нам и горчине у души другачије. Свако ће, ако само хоће бити искрен, признати своју слабост пред другима, јер нема готово никога да се неком страшћу не мучи. И сви падамо, али и трпимо. Подучавамо се. У томе и јесте борба. Многи знају за добро и зло. Знају и да их разлуче. Ипак, и поред тога, другачије се носимо са искушењима. Јер, и ми смо другачији. Непоновљиви. У томе и јесте раскош Божјег стварања.

Има ли игде икога да се није намучио нечим што превазилази јачину вере и чврстину карактера? Нечим за шта није успео да пронађе одговор у књигама. О, колико је тешко човеку када у борби стане посустајати, свестан своје немоћи. Нажалост, не сетимо се у тим тренуцима одмах Господа, и грех је тада готово неизбежан. А онда уследи читав тај понор наше недостојности и самопрекоревања, чак и појаве очаја код неких.

Пут од пада до устајања пун је горчине и страдања, потребне жртве како би се преступ поравнао. Јер, зар су рођени од жеље мужевљеве савршени па да не греше и не прођу теснац свог личног искупљења пред Господом? Једино мртав човек не греши и свако ко другачије мисли засигурно још није стао на пут спасења. Ако су чак и Светитељи чинили понеки преступ, ко је тај ко ће се преузнети над њима и рећи да зла у њему нема? Ко?

Остарио сам тражећи мудрост и, признајем, њено савршенство још увек нисам пронашао. Јер, да је другачије ја бих престао да се питам! Трудим се да живим верно и поштено, онако како то Господ од свих нас тражи. Онако како је једино исправно! Ипак, било је и таквих дана у којима сам био обремењен слутњом, страхом и својом сопственом немоћи. Тражио сам Га и путем Његовим још у младости намерио да идем.

Нисам увек знао да ли испуњавам Његову вољу и зашто ми се неке ствари дешавају — да ли је то само искушење или пут којим требам ходити? Рећи ћете да је то чудно, с обзиром на то да сам прилично добро познавао законе духовног живота. Али, када човек са сигурношћу и увек може распознати шта је само испробавање чврстине његове вере и карактера, а шта стопа коју треба следити у познању истине, он је већ близу Светости. И још ово: знање је једно, а испуњење је од њега много савршеније! Треба живети онако како човек верује и тек тада он може знати да је на том правом путу. Тек тада! Онда је лако надјачати и сва искушења.

О, па било је ломова од којих ми се ноћима вртело у глави, а ја сна нити излаза нисам проналазио. Стављан сам на такве пробе где је срце тражило једно, а разум се томе противио. То стање је јако опасно за човека — он је подељен. Нема целине. А унутрашњи мир у човеку је одраз саглася његовог разума, осећања и воље. У томе и јесте савршенство. Њега достићи, није лако.

Тешко је сломити јачину и чистоту срца, то многи знају. Јер, шта је то што може зауставити чиста и племенита осећања у младом човеку? Опет, зар младић има довољно мудрости да се сачува од љубави која му је брањена, а и таквих љубави има? По ком том следу понекад заволи некога кога не сме? Због чега је то тако, ја не знам. Недостатак мудрости у тим годинама, или шта већ?! Али, у једно сам сигуран — љубав је увек чиста и племенита. Срце бира својим тананим дрхтајима кога ће да заволи. Душа осети душу и тада се готово нико и ништа не може испречити између њих.

Чудног сам кова, не кријем то. Јер, како другачије да објасним многе ретко чувене случајеве у мом животу? Када вас задеси нешто кроз шта многи прођу, лакше је испливати са дна чак и ако се падне. Знате да је на том месту већ неко био, а нечије искуство и савет су непроцењиви бисери. Тако се човек уразуми, усправи и пође даље. Заиста, ништа није тако тешко и нерешиво ако у томе нисте једини и сами. У томе и јесте сва моја несрећа. Ево брада ми је већ потпуно оседела, а ја још увек не могу чудом да се начудим над својим животом. Радује ме то што и поред свега никада нисам изгубио веру у Бога, нити сам престао да волим. Искрено, као дечак. Ма шта да ми се догађало прихватао сам мирно, у свему тражећи бар мало лепоте и смисла. Покушавао сам да разумем шта је Прст Божји, а шта проба мог карактера, и верујте ми да то и није баш увек тако лако. А тек одолети неким искушењима... Е то је већ велики подвиг! Човек је слаб, трошан. А лукави вреба и гледа да нас како саплете тамо где смо најтањи. За један случај из мог живота ја нисам успео да пронађем одговор због чега се све тако издешавало, таквим редоследом, али о томе ћу нешто касније — о љубави која ми је дошла одвећ касно. Верујем да ћу и умрети, а нећу знати којим су то промислом, или чиме већ, вучени конци моје судбе.

Као дечак трчао сам у пољу за коњима. Сада, не могу ни да ходам без болова. Задивљен, загледао сам им се у гриву, очаран њиховом снагом. Волео сам росна јутра и чисто небо, као платно без мрља. Тако сам лакше могао пратити лет орлова. Тражио сам све оно што би могло развеселити дечју душу. Све оно за шта одрасли „немају времена”.

Било је то време снова и надања. Радости и одозго дароване среће. Некакве трајне равнотеже, јер чинило ми се да у то време нисам знао мање од онога о чему сам се питао. Е сад, да ли су ти одговори разумни и довољно критични као у одраслог човека, мари ли дете за то? Најважније је да је задовољство наизглед безначајним стварима и веселост срца увек била близу. Да није било очајања, јер ми жеље и могућности нису биле у раскораку, што у одраслих људи често бива па постану смућени и незадовољни.

У двадесетој сам хтео да се замонашим. Једном сам ногом чак и крочио у манастир, али она друга ме вратила са друге стране његове капије. Срце ме водило да се посветим Богу, да Му служим, али љубав према ближњима спречила ме је у томе. У то време ја нисам могао да расудим да кроз љубав према Богу ми добијамо и ту љубав према ближњима. И тада је она најпотпунија. Због тога и треба увек ставити Господа испред свих и свега и Њему дати срце на службу, па и у усамљеничком животу ако то Он од нас затражи! Да сам то тада знао, сигурно бих био одлучнији и чврстом бих вољом следио тај за мене назначени (и данас тако мислим) пут. Узалуд су добре жеље и мисли ако човек нема карактер да их испуни. У то време, признајем, нисам имао јачине, нити одлучности. Нисам могао да допустим себи да одласком у манастир повредим одвећ рањиво срце своје мајке, намучено многим патњама. Обећао сам јој да без њеног благослова никуда нећу поћи. Ни на један пут. Ето, тако сам и остао у свету.

Ђаво ме је тада надмудрио и однео победу у тој нашој првој, великој борби. Не, ја не кривим никога што нисам монах! Да сам тада имао више љубави и вере, Бог би већ нашао начина како да уреди мој одлазак из света. Али, ја сам у њему ипак остао. Искусио многе патње, страдања и боли. Учио се увек преко својих леђа, јер савете од других нисам могао да примим. Неко ће помислити да сам и сувише горд и да сам због тога дуго и готово увек тумарао тражећи излаз. Уверавам вас да то и није било баш тако. Јер, човек је једна непоновљива слика, насликана бојама које једино Господ и он могу разумети. Савет је добар, али не може се применити увек и на све људе подједнако! Ми носимо посебну струну своје личности, а по њој не може баш свако засвирати. Нико, осим Бога и нама сродних душа које ће је и у себи препознати.

Када већ нисам испунио захтев своје душе, почео сам да убеђујем себе да човек може доћи до Бога ма где био, само ако то чистим срцем зажели. И заиста је тако. Не ставља нас на пут Господњи место, већ вера и дела по њој. Љубав, изнад свих и свега.

Много сам читао у то време и добрим делом проналазио откровења за готово све оно што је знало да ме намучи чак и данима. Ипак, на сасвим лична питања, о препознавању сродности душа, ништа нисам могао сазнати из њих. Јер, то је ствар осећаја, не знања! Човек срцем пронађе (ако и пронађе) себи сродну душу. Разум је ту немоћан, бар у почетку.

Одлазио сам на књижевне вечери тражећи тамо некога у коме бих могао да видим себе. Очекивао да ћу, у градској библиотеци, међу књигама, приметити прелепо лице жене која би могла да ме заволи и разуме. Све је било узалуд. Остао сам задуго усамљен, верујући да ме моја љубав чека и да никоме другоме не може поћи. И да ја нећу тек тако дати себе на жртву некоме коме душом не припадам. Да, на жртву, јер љубав то и јесте! У њој нема себичности! Нити угађања себи. Онај ко искрено воли, кротак је и тих, спреман у сваком тренутку чак и да га разапну ако треба за другога!

Готово на све се човек може научити, у крајњем и принудити себе. Али, у љубави то никада није било. И неће ни бити! Не, јер она је савршена слобода и нешто највеће за шта човек зна. Племенитост срца, чистота мисли и дела. Победитељка смрти! Радост живота!

Када сам препознао ту своју сродну душу са којом је необично слабље и потреба бити заједно свакога тренутка, било је одвећ касно за испуњење свих оних жеља што се тада у срцу рађају. Јер, ја сам већ тада законом, заветом Богу, припадао неком другом. Тешко је када велика љубав мора себе да кроти због моралног достојанства и чистоте савести. Понекад је и то потребно и једино исправно! У супротном, био би то корак до прељубе, а самим тим и наша заблуда и велики грех.

Наиме, у чудним околностима ја се и ожених. Чини ми се да сам тада био спреман на било шта друго, али на тај корак у животу никако. Он је значајан и велик и о њему добро треба размислити. Ослушнути шта срце говори, како се не би касније покајало. А ја сам се обавезао на верност некоме кога сам тек мало волео!

Поштовање старијих, а особито родитеља, требало би бити нешто са чим се човек некако по природи сложи. Уосталом, то је и Божја заповест! Мудрост је у седим власима, а не у уредно зачешљаној коси младића. Управо због тога и нема веће заштите за младог човека од добровољне покорности нечијем строгом, али и одмереном карактеру. Јер, поштујући га, он ће правити много мање грешака и промашаја од којих се може ослободити тек с великим напором и муком. За све то треба и много времена. А ако се оно расточи на исправљање кривих путева из прошлости, колико ће га остати за рађање чистије и богомудрије будућности? Због тога се човек према сваком дарованом дану треба односити са доста пажње и трезвености. Опреза и разума. И ко слуша савет мудријих од себе, мудро и сȃм поступа. Јер, мудрост је и зачета у послушању!

Опет, уверен сам и у то да у једној ствари тешко да нам могу бити од помоћи чак и саветовања свих људи. То је ствар срца и у њој смо увек сами, па колико затражимо помоћ од Бога, толико нам се и отвори, покаже сâм одговор. Да сам то тада знао сигурно не бих допустио да у име мог бића одлучује неко други, истина мени близак. Али, зар унутрашњост у човека познаје ко осим Онога ко га је и саздао! И не треба ли Он да га руководи, да га води оним путем који је наменио само њему?

У то време нисам могао исправно да расуђујем и поклекнувши пред ауторитетом свога оца, ожених Јелену, девојку коју сам тек мало познавао. Сада ми је јасно да су заповести Господње и искрене жеље срца нешто чему човек треба најпре и увек да буде доследан и послушан, па тек онда другима. Јер, ако на време не испунимо оно што душа од нас тражи, можемо много страдати. И та срећа нам се никада више неће вратити. Да сам истрајао у своме и сачекао ту своју љубав, о којој ћу нешто касније и писати, она сигурно не би пошла другоме. Овако, дошла је касно и донела са собом како радости тако и ломове, јер ја је тада нисам могао имати у потпуности. Ауторитет је нешто заиста велико и значајно, али га људи знају понекад и рђаво употребити. Понекад и ненамерно као што је то био овај мој случај.

Поред мене је био неко кога није познавало моје срце и ја Јелену, барем испочетка, нисам успео да заволим. Закорачила је у мој живот готово без мог знања и жеље, и зар ће ми неко судити што сам био тако далеко од ње? Што су ми мисли биле расуте свуда помало, на битним и оним мање важним стварима, тек никако код ње. Често је, стојећи испред мене, уредно везивала своју дугу, плаву косу, помало увијену при крају. Тако као да је желела смело да ми каже:

„Ето, ја сам сада твоја жена и добро упамти ово лице, јер сада припада само теби. Нисам ја крива што ме ти ниси желео. Ја тебе јесам. Мој сан је испуњен и ја сам задовољна. Уосталом, и ти ћеш мене ускоро заволети, видећеш и сâм.”

У почетку ја и нисам могао препознати у том њеном, помало себичном погледу, ништа друго осим некаквог изазивачког прекора, помало чак и подсмешљивог. Јер, може бити да је она ликовала што је испунила своју жељу срца, а за мене мари ли? Зар може неко бити саосећајан према ономе кога једва да и познаје? А то што је она тада називала љубављу није било ништа друго до пука спољашња привлачност, а она не води срећи.

О, било је тако мучно поднети све те прве дане нашег заједничког живота. Где год бих се окренуо видео бих само њу, жену коју није тражила моја душа. Јер, ми смо посве били другачији. Земља и небо. Њене многе речи и моја ћутљивост, чак дубоко понирање у себе. Тешко ми је било кад год бих морао да прекинем са писањем свог првог романа како бих започео са њом некакву већ давно и много пута испричану причу, за мене безначајну. Понекад бих због тога чак и мир изгубио. Ја сам тражио Бога у тим својим списима и смисао човековог постојања, а она се чак није трудила (или се то мени тада чинило) ни да пронађе пут до своје душе. Ипак, и поред свих различитости ми смо некако требали постати једно. А када душе нису сродне, зар је то лако?

Никада јој нисам могао шапутати о мирису кошених ливада и о шуму високих јаблана. О неуморној журби мрава и тихом жубору планинског потока. Она то није ни примећивала. Чак није хтела ни да слуша о томе, правдајући се увек како негде жури, говорећи ми да сам занесењак који, иако одрастао, још увек верује у лепоту и шаренило бајки. Увек бих оћутао и пустио њу да говори о чему жели, а онда бих, не скривајући досаду, једноставно изашао из собе правдајући се нечим. И поред моје велике жеље и труда, нисмо се могли приближити духом, а та блискост међу људима једино је и битна. Два света, раздвојена многим различитостима, тек са доста муке се могу свезати у један. Много је лакше раздвојити неголи спојити несродне душе као што је и камен лакше у руци подробити него раставити оне што се искрено воле.

Ноћима сам дуго стајао пред иконом, у молитви, не подижући главу. Искушења су ме пекла као млад жар. Болело ме је то што сам у себи годинама скупљао невину и чисту љубав коју сам хтео делити са неким кога је срце требало препознати. Уместо тога, ја сам упознао сву тежину живота са неким ко ми је био далек и туђ. И зар сам у тим данима свог душевног грома и велике невоље могао затражити од некога другог помоћ и мелем за моју свежу рану осим од Господа, јединог познаваоца сваке људске тајне и избавитеља од свих животних потешкоћа? Можда и јесам, али да ли бих је добио? Зар неко други може залечити душу осим Онога ко нам ју је и даровао?

Њему сам се и молио. Знао сам да је брак Света Тајна мушкарца и жене и да га је Бог благословио, заповедивши им да се не раздвајају. Али због чега ме онда није дао некоме кога ће срце волети и радовати му се? Уопште, због чега спаја оне који су душом далеко једно од другога? Различите светове. Планину са морем. Сушу са јутарњом росом. Веру и неверу. Тек много година касније, разумео сам ову вековну мудрост: трпљењем се душе спашавају и увек се на здраво стабло калеми нејака младица како би заједно, после много година, дали рода. Тако је и међу људима.

Велики је подвиг одржати брак са неким кога срце није желело и при том се још и трудити око његове душе и њу спасити својом вером и молитвама. У томе и јесте читава тајна. Бог допушта ономе ко је од Њега далеко да се најпре веже за неког небоносца, а онда да се његовим трудом обоје спасу и стану уз Господа. Зар има шта чудеснијег од овога? И све то из велике Божје љубави према сваком човеку!

Било ми је нарочито тешко да дођем до Јелениног бића. Мало тога је знала о оној правој, истинитој радости живота. О људима и Богу. Али, највећа незгода била је у томе што није желела да чује од других било шта. Да сазна. Сујетна, заваравала се лажним знањем и мудровањем по свом разуму, а у томе нема благодати. Ипак, и поред свега тога, имала је у души два велика светила — осећајност и нежност према онима који се нечим муче и страдају. То сам најпре и заволео код ње. Али, то није било и довољно. За велику љубав потребно је много више, а тога није било. Носио сам своје бреме свестан одговорности пред Богом за своју, али и њену душу коју је некако требало привести у познање истине чему се, испочетка, гордо противила.

А онда је родила нашу кћер, Доротеју. Једино деца могу чвршће везати чак и оне што су духом далеко једно од другога. Јер, од бриге за њих нема веће, а она неретко спаја људе. Први пут смо се тек тада радовали заједно и имали исту срећу. И заповест срца да волимо свим својим бићем нашу милу девојчицу.

Ипак, међу нама је и даље остао онај дубоки јаз ког нисмо могли никако заобићи — несродност наших душа. Наравно, обоје смо се трудили да Доротеја то не примети. Жеља је свакога детета да му се родитељи безмерно воле и поштују. Ти мали људи неретко зближе многе, јер су им наклони и воле их. Тако чак и различитости између супружника постају умереније.

То је био и наш случај. Јелена и ја смо сада имали много тога заједничког. Исту жељу и намеру, бригу да Доротеји пружимо љубав и радост. Ипак, сасвим мало смо говорили о нама, и у дубини бића страховали да нам прети раздор када наша девојчица одрасте. Хвала Богу па до тога никада није дошло. Данас чак могу рећи да смо се временом и заволели. Када проведете поред некога читав свој век, готово је немогуће да се барем мало не зближите, без обзира да ли сте сличног духа или не. Само, већа је радост и срећа када су људи и у почетку блиски и једном другом мили. Сродне душе.

Јелена је постала необично предусретљива, чак спремна и да ме понекад разуме. Поверовао сам да нам се ипак смеши лепота заједничког живота у новим јутрима. Да ћемо заједно одлазити недељом у цркву и вечером се молити Богу. Временом сам схватио да је то ипак била само моја дубоко скривена жеља. И ништа више од тога. Ипак, у тим данима сам имао разлоге за радост, мислећи да ћемо постати ближи и поверавати се једно другом у свему. Није више била тако тврдокорног срца. Сваке вечери би закрстила Доротеју пред спавање и пољубила јој румене образе. Чак сам је једне вечери затекао поред њеног кревета како се, помало неспретно и тихо, моли за здравље наше кћери. Пресрећан, нечујно сам изашао из собе. Нисам желео да зна да сам био ту и да сам је видео.

Та моја срећа била је кратког даха. На крају, више је није ни било. Неки људи се моле само онда када осете да су у опасности и да им треба заштита, њима или њиховим ближњим, а онда лако забораве на Божју милост. То је био случај и са Јеленом. Када је наша кћерка одрасла, водила ју је у циркус и сваку лажљиву шареницу живота пре него у цркву да се Господу моли и постане девојка чистог срца и јаког карактера. Ово ми је јако засметало и једноставно сам јој се морао одлучно успротивити. Зар се искуство и трезвеност живота може пронаћи у световним измишљотинама што само раслабљују човека? Нисам хтео да наша кћер остане под каљавим оковима земаљског мудровања те тако и дадох целога себе како би она била спремна за сва та искушења која живот доноси са собом.

На моју велику радост Доротеја је била душа богата мудрошћу, тако да је убрзо, заморена досадом бесмисла, духом тражила одговоре на сва она вечита питања. Тражила је Бога. Са њом сам остајао до касно у ноћ и причао о свему ономе што је важно за људски век и самога човека. Често је долазила у моју малу радну собу у коју сам се повлачио увек када ми је затребало бар мало самоће и времена за све оно што ме је држало. Дуго би седела поред мене гледајући у иконе и кандила. Осећала је колико ми значи овај мој кутак нашег дома и живот романописца. Живо се занимала за сваки редак који бих написао. Јелени је све то остајало тако страно и чак досадно.

На једној од књижевних вечери (то су оне вечери на којима човек од пера оголи своју душу пред другима) ја сам требао представити свој роман, писан годинама и више пута прерављан. Трудио сам се да све у животу радим ревносно, жртвујући себе без милости, јер је то, готово сам сигуран, једино угодно Богу. Он не тражи од нас пуку површност већ посвећеност свакој ствари и ономе чиме нас је даровао.

На моје изненађење, Јелена ми је кратко и одсечно рекла да не жели да губи време на моје сањарење и да њу тај мој роман не занима. Овај пут повредила ме је до крви. Добро сам знао да ме је овим својим чином коначно сасвим одгурнула од себе, можда чак толико далеко да ја једноставно више нисам могао ни наћи пут до ње, па макар и онај тешко проходан — са мало речи и много неспоразума. Као да је чак и то сада постало немогуће. Повредила ме је до кости, зар је могла дубље?

Роман се чак и добро продавао. Људи су жељни искрености и јунака са многим врлинама, а свега тога било је у тим мојим списима. Оне вечери док сам се са великом наклоношћу према онима што су желели да прочитају о чему ја то заправо пишем, потписивао на прву страну своје књиге, приметих жену у дугачкој, црној хаљини. Некако се издвајала од осталих. Посебна и другачија.

Висока, прелепих црта лица и омаленог носа, одавала је утисак пријатности и неке ретке достојанствености. Оборен поглед разоткривао је њену смиреност и повученост у дубину унутрашњости у којој се, био сам готово убеђен (јер сам у свом роману управо имао један такав лик), скривала међу људима тако ретка доброта. Чинило ми се да сам управо о њој и њеним врлинама на многим местима и писао.

Очи су јој сијале неком великом жељом за животом, чак непрестаном и големом радошћу. Био сам спреман да јемчим да је то била једна од оних дивних, задовољних жена широког срца. У тренутку док ми је пружала књигу како бих је потписао, нешто ме је неодољиво повукло да јој се загледам у лице, мало пажљивије. Тек тада сам наслутио да носи неко тешко бреме, јер било јој је нарочито тешко да се осмехне. Осетио сам близину наших душа, чак њихову сродност, у само једном погледу. Заиста, то није немогуће! Ако срце неуморно трага за нечијом љубављу и разумевањем, зар ће му бити тешко да препозна слично себи? Зашто би онда неко и сумњао да душе једноставно журе у сусрет једна другој како се више никада не би раздвојиле!

Екатарина је била уредница угледног часописа. Још наредне вечери седели смо за истим столом и приповедали једно другом о свом животу. Признајем, мало сам страховао од те велике блискости за кратко време. Да ли због заповести Господње да не гледамо туђу жену са жељом за њом (јер она беше удата) или чега већ другог, тек ја никако нисам имао потпуни мир у почетку, иако је на тај начин заправо никада за све те дуге године нашег познанства и нисам пожелео! Мени је само необично пријала њена близина и разговор с њом, а добро смо обоје знали да би страсти само упрљале то наше ничим слућено пријатељство. Њих није ни било, јер су нам и срца од њих била далеко! Зар је то грех онда? Ако сам жењен мимо своје воље и сагласности срца, зар ће ми неко судити што сам осетио сродну душу у Екатарини? Може ли неко забранити било коме да искрено заволи? Али, не онако како то људи обично схвате — жртвена љубав нема ништа заједничког са страшћу. Зар ће неко и помислити да сам пожелео некога ко другоме припада само због тога што сам готово још те вечери био спреман да и живот свој положим за њу?

Можда се некоме и прикраде помисао да је у свему томе било доста моје наивности и да сам остао очаран без разума. Али, не. Очараност не може дуго потрајати. Ја сам у Екатарини препознао жену коју је тражила моја душа — нажалост касно. Да сам се одлучно успротивио оцу и његовој жељи да се оженим, ко зна, Бог би већ уредио да се наши путеви чврсто споје. Овако, заволели смо се у тим незгодним околностима, свесни да ћемо бити у великом искушењу ако не будемо имали довољно мудрости. И поред свега тога нисмо се удаљили једно од другог! Зар би брат отишао од сестре коју силно воли и жели од зла да је сачува?

Верујем да нисмо прекршили ниједну од Божјих заповести (а често смо то и испитивали), јер би нас савест много пута намучила, већ смо једноставно обоје били жељни искрене љубави за коју до тада нисмо знали. Они са којима смо делили живот, нису хтели или нису умели да нам је пруже. А због тога што је душа препознала себи сродну, хоћете ли судити? Не прекрива ли многе грехе честита љубав, далеко од сваке страсти, чиста, а уверавам вас, наша је управо таква била. Јер, ми смо се само духом зближили. У томе да ли има греха?

Упамтио сам сваки њен поглед, сваки покрет руку те вечери. Била је необично мила и без и мало лукавства у себи што је реткост међу људима. Простодушно и искрено разоткрити дубину свог бића не може свако. За то треба доста храбрости и вере у људе. Она је све то имала.

И више од тога. Једино бол код ње није имао меру, а све остало је било тако складно и пријатно. Осетио сам како је у души нешто изгара, како је мучи, јер често је ломила прсте и провлачила их кроз неговану косу. Ни сада не знам због чега је, а многе су године прошле од тог нашег првог сусрета, одмах постала тако отворена и поверљива према мени. Да ли због тежине крста ког је носила храбро и смело, због жеље за сродном душом или нечег сасвим другог (може бити чак и то да није имала коме да се повери, а од тога нам увек долази олакшање), тек она ми је још те вечери потанко и у детаље испричала сву своју несрећу и горак плод свога живота.

Одрасла је без довољно пажње, готово увек страдајући. Веровала је да су сви рођени да би волели друге, да је то једноставно у самој човековој природи. Због чега се онда неки огреше о љубав и зашто је ногама погазе, никада није могла разумети. А и како би када је једино њу тражила, за њом ишла. Често ми је говорила да свако од нас може или волети или мрзети и да се човек увек налази у неком од та два стања — стања најдубљег грехопада или највеће висине. Ипак, колико је оних што мржњом раскрварише своју душу? А зашто? Човеку од љубави то никада неће и не може бити јасно.

Веровала је да ће у браку надокнадити све те рањиве године страдалног одрастања. Узалуд беше. У намучену душу увукла се још тежа зебња. Јача бол. Несрећа. Велико искушење. Вечито трпљење, тек никако казна, јер чиме ју је она могла заслужити када је увек о свима мислила добро? И зашто страдамо од оних које највише волимо? Од оних најближих? Зашто нам они задају ране уместо да их видају? Зар нам ближњи временом може постати толико далек и туђ? Чак непријатељ! Готов да нам од живота остави само рушевину.

Супруг јује понизио до самога дна и тако још више раскрварио већ болну душу. Повредио је. Обмануо. Ипак, она га је читавог свог живота волела. Најпре је лукаво скривао прељубе од ње, а онда је те несрећне жене чак почео доводити код њих у дом. Ћутала је. Деци је једино говорила да њихов отац има неку нову пријатељицу и да ће ручати сви заједно.

Трудила се да припреми све како то он воли, не превише зачињено. Зар има већег понижења? И веће дрскости од његове? Велико трпљење. И велика себичност, самољубље са друге стране. И такве различите карактере живот споји. Чак их и сачува заједно.

Некоме патња и умеће праштања, а некоме необуздана жеља за насладом, тим црвом душе. Кад се све зброји па подели на та два човека, биће да молитве и дуготрпљење онога ко је на трагу истине, спашава обоје. Рачун је овде једноставан. Не може рђав човек нанети онолико зла колико неко може отрпети, опростити. Нити има греха кога врлина не може обрисати. А јачина мржње зар је већа од силине љубави? Зар неко може толико гордо погазити заповести Господње колико их онај други срцем може испунити? Ето због чега се фењер пре ставља у мрачну собу од оне која је већ светла! Јер, Бог хоће да се сви спасу, а у браку нечија жртва то може учинити уместо нас. У браку се све дели, па и спасење душа.

Екатарини је Јеванђеље записано у срцу. Живи њиме. Можда сам је због тога толико и заволео? А она, толико пута повређена од човека коме је и децу родила, сада када је препознала ту искрену љубав мора да присили себе да бежи од ње, јер је брањена! И заиста, ни мени, а ни њој није био толико тежак крст брачности услед неразумевања и понижења од оних што су нам требали бити најближи и увек ту, колико тај готово неподношљиви товар — требало је гурати од себе сродну душу, једно друго. Колико је грчева у дубини бића када човек пронађе животни бисер, а онда га стане прашином затрпавати, јер схвата да он припада другоме. Господу смо дали завет верности својим супружницима и у томе смо истрајали. Добро смо познавали реч Божју, али да ли закон и заповести могу увек да обуздају срце, будући да је несавршено? Како њему заповедити да се повуче од онога кога искрено заволи? Ако мрске страсти не постоје а карактери су јаки, зар је онда грех што душа осети душу, тако блиску? Закони су чувари врлинског живота, а зар има већег и савршенијег закона од дела љубави? Верујте ми, међу нама једино је њих било. И то читавих четрдесет година!

Знам, многи ће нас можда и осудити. То је увек било најлакше. Треба разумети човека. Пружити му руку и утешити срце које можда и пати. А ми, знамо ли то увек? И наслућујемо ли јачину искушења у коме је неко када га осуђујемо? Много је громких гласова оних што само одмахују главом, не схватајући да се још сутра и сами могу наћи у сличним околностима. И засигурно пасти, јер су другима већ пресудили.

Није добро исмевати љубав, па чак ни онда када нам се учини да је брањена! Јер, ко још може знати околности у којима се родила? И све док човека не задеси шта слично он мисли да би држао све конце у својим рукама. Тек када живот узме шаралицу и почне њоме осликавати животну хартију, схватамо колико је све неизвесно. Колико смо слаби и да нас тако мало раздваја од пада. Било ког. Једино нас милост Божја у томе спречава и наш скромни труд. Суд је човеков као глинени ћуп што се лако разбије о истину. Она је понекад сакривена од нас и ми је не знамо. Ми обично видимо оно што желимо, а не оно што заиста јесте. Зато и треба чувати своје срце од осуђивања других!

Молили смо се Богу да нам сачува душу од сваке нечистоте како је не би изгубили. Чак и да нас раздвоји, ако ћемо пасти у грех. Јер, тајна мушкарца и жене је велика! Да није тако зар би цар и пророк Давид пао у искушење? Зар смо ми већи од њега па да будемо сигурни да се то нама не може десити?

Остали смо нераздвојни све до њене смрти. Да нам је жеља срца била страсна и нечиста, зар би могли остати највећи пријатељи све те године? Или би свако отишао својим путем, тамо где га савест води? А нас, зар је нечим требала намучити? Ако је грех волети, нека ми неко каже његову цену и ја ћу одмах платити!

Супружничка љубав је велика, али то двоје требају знати. Није довољно ако само једно испуњава њен закон! Човек по својој природи даје себе другоме, али исто то и тражи од њега. Јер, ако пружамо љубав, а не добијамо је, где је ту потпуна срећа и лепота? И свако коме није довољно, или чак никако, пружена, тражиће је у другим људима, јер је без ње немогуће живети. У томе и јесте тајна Екатаринине и моје велике блискости.

Сећам се како сам често пролазио поред њеног винограда, увек у време када грожђе зри, надајући се да ћу је само угледати и бар мало обрадовати намучено срце. Желео сам да осетим ту силину њеног искреног погледа и сродност наших душа које као да су из једне изашле. Лако ми је било да заволим то нежно, рањиво и Божје биће. Врлинско. Самопрекорно. И чедно. У дану у коме сам је упознао као да су се сви прозори мога живота широм отворили, како би у њега коначно ушетали сунце и радост. Слушали смо цврукут птица у росним ливадама и гледали сву ту лепоту трешњиног зрења. Обећали смо једно другом да се нећемо никада раздвојити и да ћемо сачувати пријатељство и чистоту љубави, заувек. Мени је једино било важно да је она увек добро, радосна и задовољна, а са мном како Бог уреди.

Дуго је говорила о цвећу, о људима које памти и воли. О животу. Слушајући је како у заносу говори о лепоти, ја сам могао и да се мучим, да страдам и опет да будем срећан, јер је била ту. И разумела све. Мене. Нас. Бога. Велика је утеха човеку човек који зна да га воли, саслуша и ако треба опрости. Да га подржи у свакој доброј жељи срца. И да се никада мислено не раздваја од њега.

Неретко смо се питали да ли имамо права на толику блискост, јер срце зна понекад и да превари. Није свака љубав између двоје људи од Бога. Има и оних што су нам забрањене и њих се човек не сме дотицати, јер напослетку схватимо да је то био само привид и страст. Жеља тела. Када човек томе одоли, искушење га напушта. Али, блискост између Екатарине и мене трајала је годинама. Па зар је то искушење онда? Блискост душа, јемчим да јесте.

Ако радимо честиту, ствар по закону, имамо мир у себи. Ако чинимо шта рђаво, постајемо расејани и узалуд се трудимо да се сакријемо од учињеног греха — мира немамо. Унутра остаје само развалина од преступа. Не, ми нисмо страдали од своје савести. Чини ми се да смо чак и пронашли ту равнотежу и смирај душе управо једно у другом. А када је у човеку све тихо и молитвено, зар он може бити притешњен неделом? Ми смо се молили. Увек. Сабрано и дуго. И увек за једно — да нас Он не раздвоји и да нам удвостручи супружанску љубав и једном и другом. Ако неко греши, ако ратује са Богом и противи се Његовој вољи, зар би Му се могао такав молити? И зар би имао покров од искушења и сваке злобе?

Савест је та која испитује душу човекову и упућује га да разуме да је једино Господ увек прима, па чак и онда када се упрља! Не треба бежати од Онога који жели све да нас прими. Зар Му је било ко икада могао умаћи? И зар је тако тешко признати Му свој пад? Сузама се опет с Њим измирити. Тако се и болна душа чисти, олакша себи и постане благодатна, и опет, као у огледалу, стоји у Богу.

Имали смо једно друго онако како је Господ то хтео и због тога нам је у дубини бића било чисто, уредно и тихо. Трпели смо у браку обоје, али нисмо престајали да се молимо за њихово спасење. Можда због тога и јесмо са њима, а не једно са другим? Бог зна. Тајна је то велика. Скривена од човека. И у њој велики смисао кога је требало разумети. На крају смо и схватили због чега је Бог све тако уредио. Јер, Он хоће да се неки спасу чак и преко другога човека, па их браком веже!

А ми, да смо неким случајем згрешили, никада не би могли себи опростити што смо издали Светињу брака. Зар би се могли оправдати тиме што нам у њему није пружена љубав? Не. А зар би нам требало судити што смо једно другом били у мислима и трепетима душе? Опет кажем, не.

Прошле јесени Екатарина се упокојила. Чак је и Јелена дуго туговала за њом. Није лако прихватити да онога од кога је увек долазила радост и утеха више нема. Нарочито у старости, када човек своди рачун са својим животом или живот са човеком.

И опет стојим украј прозора и замишљено гледам у брезе. Размишљам о свему и питам се због чега нисмо упознали једно друго у време када нисмо били под заветом? Не ропћем, само бих хтео да знам. А онда провучем прсте кроз косу која ми готово пада на лице, одмерим дужину своје старачке браде и кажем себи — да је требало бити тако, било би. Он то најбоље зна. Срцезналац. И искупитељ свих. Овако, Екатарина је остала са својим супругом до смрти и молитвама га изменила, зратила на пут спасења! Да га је неким случајем напустила иако је на то имала потпуно право с обзиром на то да је чинио прељубе, никада не би могла себи опростити што није истрпела до краја! Овако, трпљењем је спасла обоје. И сада се он моли на њеном гробу и често јој упали свећу. Толико га је променила. Ето плода њеног разума и поштовања Свете тајне брака, чак и онда када је онај други више пута погази! Само она зна одакле јој је долазила толика снага да све отрпи до самог краја и да му све опрости. Не могу то сви. Само они у којима добро побеђује!

Некако сам и ја, временом, прихватио Јелену и са доста муке успео да победим у њој ту незгодну нарав. Признајем, између нас она права, велика љубав, никада се није родила, иако она чини брак Светињом!

Враћам се са великом муком до свог кревета. Бог зна колико ми је још остало од живота. На вратима стоји моја вољена кћи Доротеја и већ у следећем тренутку њене топле руке су око мог старачког врата. Љубав оца и кћери је велика. И може надјачати многе невоље. Превазићи и сам живот са свим његовим потешкоћама.

Време је ручку. Болесном човеку није до тога. Он се бори за још неки топли загрљај вољених људи и за њихове осмехе, остало, зар му је важно? Собом је замирисао недавно испечени кромпир. Подсетио ме је на Екатарину. Она га је волела. Спустио сам главу на раширене дланове и заплакао. Сада могу и умрети, мирно.

ВАСКРСЕЊЕ

Звона јеком у даљини забрујаше. Накратко. Као некакви гласници саопштише небу вековну тајну земље и замукнуше. Чудан им говор. И помало нестваран. Души мио. Од њега срце устрепти и радује се животу. Служи љубави. У миру песмом прослави лепоту анђела. Светост човека. И, лагано, идући за дахом корене прошлости, тражи себи пристаниште среће. Тај ковчег непроцењених, небеских блага. Тражи вечност за којом тако силно жуди.

Јован, стари испосник, браде подно бедара, стоји и гледа замишљено на мало село у коме је давно рођен и коме се у старости враћа. У њему је и црква омалена. Али, чудесна. Њему посебна и можда најдража. Дуго у њој није био на служби. Још од ране младости. Памти да је у њој крштен и дане када га је мајка водила на Причест. Сећа се свог деде, старог проте Илије, његовог осмеха без краја и тесних груди за широко срце. И она три бора украј цркве, све један до другог. Сада већ израсли, надживели проту. Остали иза њега да о њему говоре. Направили хладовину за вечни мир уморном, намученом телу. Ено, мермерни крст опомиње на безмало пуних деведесет година његовог страдалног живота. И на заслужену вечност блаженог, оног небеског!

Велика жртва доноси и велику слободу пред Богом. Њом се живот освећује и друге просвећује. А радост и љубав уз њу, та два крила на којима и анђели благовесте људима, побеђују сваку слутњу, сумњу и злобу. Човек од врлина који је узидао труд у тврђаву свог и спасења других, углачао је изнутра молитвом — ето, такав је био прота Илија. Величину честитих, ненаметљивост смирених и доброту чедних, прослазљају им потомци и о њима радо и живо говоре. Тешко је сакрити благочестив живот, јер, зар је могуће оку да не види упаљену свећу у мраку? Она подједнако светли. Данас и сутра. Тако и живот протин, посвећен Богу и ближњима. Велика заслуга не остаје заборављена! Њу људи памте. Заувек! Неизмењена кроз време, јер је истинита.

Јован направи неколико корака, скупи шаке па се опет ослони о дрвени, једноставан штап, а главу спусти на њих. Нема снаге да се спусти доле, у село, или га стара црква и домови сазидани око ње, плене том лепотом, ничим повређеном? Бог зна. Не може човек равнодушно да гледа на угашено огњиште у којем је одрастао па макар он био и монах! Уосталом, дугогодишњи пустињак се и враћа у село својих дечјих несташлука да се тамо упокоји. Ништа чудно. Ту, доле, су му и гробови предака. Очев. Мајчин. И протин. Он га је и благословио монашког пострига. Али, и дао му у аманет да за живота постави темељ за још једну малу цркву тамо где је рођен, па украј ње и кости да му почину. Због тога се и враћа. Хоће да испуни дат завет, а не зна колико му је још остало од живота. Седамдесета му је. Смрт надмено дише за вратом. И неће чекати, спремна за дан и час. Али, шта она може учинити ономе ко је годинама живео сâм као велики подвижник, огрнут јутарњом маглом дивљине и небеским покривалом? Ономе ко је чак и звери натерао да му се умиљавају! Смрт је претња слабим и неверним. Светитељима и оним који их подражавају, дим и прашина! То је само онај завршни, чврст корак над великом провалијом што човек начини за живота и тако пређе у блаженство где сунце не залази. У вечиту радост, дочекан хоровима херувима. Уосталом, можда ће још и годинама поживети. У томе нико нема избора. Једино у томе!

Затвара очи. Прстима рашчешљава увојке годинама непостригане косе и блажено се смеје. Истог, мирног израза лица. Као на фотографији и тек из воде изашао. Окреће бројаницу и из недара молитвом дише. Вером живи. За њу ће и умрети, ако затреба. Осмех му широк као непрегледна пустиња и анђеоски мио. Залечио би њиме и најболнију рану! Дуго тако стоји, непомичан. Мишљу заблистао небом и срцем загрлио читав свет! Духом слуша шта то ветрови доносе, чије патње, страдања и боли, али и радости, наде. Да како може сваког би човека чврсто загрлио. Помогао му, јер много је невоља у свету, а мало оних са даром утехе других у грудима. Жељом да се разапну за ближње и за њихово добро.

Лаганим корацима и светлим мислима спушта се у село. Застајкује. Крсти се. Гледа изнад главе и прати голуба раширених крила. Чудо Божје. Велика мудрост и откривена тајна стварања. Ослања се о штап и уским путем иде даље ка селу. Наизглед све је исто као у онај дан када је са торбом на леђима пошао у манастир. Али, људи су се променили. Одмахују главом и чак прстом показују на њега. Поглед им је строг, претећи. Назива им Бога, а они ни да чују за Њега. Неки чак и опсују. За кога онда звона звоне? И врата празне цркве широм отворена, кога ће примити јутрос? Има ли још увек места у души ових људи за искрену веру? За заједницу и братољубље?

Не обазире се на псовке. Годинама их, живећи усамљено, није чуо, а сада је у обручу света са којим треба да се избори. Међу људима који вољно греше. Свакоме се благо наклони, одмерен њиховим подозривим погледима. Није он због њих поново ту где га је, док је био дечак, славуј песмом будио да истера овце на испашу и да фрулом развесели своје срце. Ту где је некада волео да гледа, у тишини и осамљености, како кестен цвета на радост његовим очима. Враћа се свом огњишту! Опустело је. Закоровило. Нико ту више већ дуго не живи. Давно су му отац и мајка, у дубокој старости умрли. Дом треба обновити. У њему поживети колико Бог одреди. И темељ цркве на имању поставити. Испунити неку врсту обавезе према деди, проти Илији.

Скида паучину са врата и улази. Невелика соба. Осећа се устајалост и влага. Два кревета. Изнад сваког узглавља је икона. Мали сто и ниске столице. Превише за једног пустињака! Ипак, још тада је одлучио да све уреди. Да се види да ту неко живи. И опстаје. Спушта торбу на кревет и журно за једног старца креће ка цркви. Ка дедином и гробовима својих вољених родитеља.

Дуго ни са ким није остао у разговору. Волео је своју „пустињицу”, како ју је сâм називао. У њој тиховао, молио се. Разумео пој птица и росу некошених ливада. Близу Богу и далеко од људи. Али, људима близак. Сажаљив. Прихватао је свакога ко је успевао, неким чудом, да га пронађе у његовој испосници, малој брвнари далеко од света. Поучавао их је, блажен и богато мудар. Посвећен ономе што је човек у великој мери заборавио — мирном животу по Закону, у тишини борова и липа, под небом, украј планинског потока.

Ту сат не јури за сатом, нити су жеље веће од могућности па је у души све прозрачно као стакло и тихо као поноћ. Човек држи равнотежу са самим собом! И нема болести. У свакој мисли је барем зрно љубави, које брже од светлости преноси узвишене радости чак и онима који су далеко и данима хода. Они је и осете. А у журним, помало распуштеним улицама, нигде мира. Нигде потпуне среће. Човек се тако врти као у неком чудесном балону, окренут самом себи па се још и чуди што се око њега плету мреже несрећа. И питање је само када ће неки од њених конаца дотаћи. Где нема тишине мисли и љубави према свакоме, сунчаних јутара и погледа, ноћу, у звезде, без даха и са упитаношћу, може ли бити и спокоја, мира у нашим животима, радости? Ко иде за славом, стигне га чамотиња! Ко сакупља многа, непотребна блага, ипак умре сиромашан, остављајући све за собом. И сви што некуда журе, без изузетка, на крају стану! Чему то? Далеко од Божјег гнезда, зар има утехе?

Јован још продужава свој корак како би можда, барем и накратко, стигао на литургију. Борови, високи и израсли жељом да небо додирну, запретили времену и нестанку, живо миришу смолом. Нико их није посекао, а они одолели времену, истина сада већ стари. Надвили се над протиним гробом као некакви небески стражари и сведоци светог живота онога ко у њиховом хладу почива. Мермерни крст, исти онакав каквог га је Јован упамтио. Мало трошан. Сјајан. Прилази му и целива га. Моли се. За проту, јамачно. Потврдно и често клима главом као да тако хоће да каже да му је и деда Илија сада сигурно међу Светима. Такав му је и живот био. А какав живот и колики труд, таква је и награда вечности. Врлинска дела творе васкрсење у миру и вечитој утехи, а она којих се свако разуман стиди и да спомене, заслужна су казне што се не може избећи. Јер, да је другачије, у чему би онда била различитост добра и зла? И зар би се ико трудио да великим делима украси свој живот ако, на крају, сви скончају исто?

Одлази до гробова оца Николе и мајке Милице. Ту мало одстоји и продужава ка цркви. А она стара, камена. Времена. Муком под небо подигнута. Сваки је камен дуго тесан, глачан, на рукама преношен и узиђиван, а са њима и судбе тежака, сурове и тешке. Висока, лепа као невеста. Саборник многих душа у временима мира, али и патњи, прогона. Сада, готово празна. Сеоски прота, неколико стараца и Јован се моле у њој. Нема никога више. Младост, уморна од будне ноћи, спава. Очеви им у пољу заорали бразду. Мора ли баш данас? Недеља је! Празник Васкрсења. Одмор телу. Души радост. Не поштује то човек, а нада се напретку! Не зна за Закон, Бога нити претке. Стиснуте шаке невољне да дају милост. Раширена уста за гневне речи, а ту добра бити не може! Велики је заборав једино тамо где је памет мала. А ми, где смо? Зар да се стидимо прошлости славних и честитих дедова што су се јутром и вечером исповедали и молили Богу? И још тако немарни очекујемо наклоност среће! А црква где је празна и душе људи су такве. Згрчене. Страшљиве. Уске и без љубави са свима. Велики људи за живота, ако могу, граде велике задужбине за све, а мали стављају златне ограде око својих кућерака како би другима пркосили својим „богатством”.

„Видиш ли, калуђере, нигде никога. А некад нам је ова црква била мала! Него, кажи ти мени, одакле нам долазиш?”, приђе му прота, због реченог помало забринут.

„Пустињак сам. Од младости монах. Много је прошло година откако живим усамљено. Ено, тамо”, па рукама показа преко брда, „на три дана хода одавде ми је испосница. Не знам да ли ћу јој се икада више вратити. Мојој вољеној пустињици. Дошао сам да умрем овде где сам и рођен. Ту ћете ме и сахранити. Поред мог деде, Илије. Ти си га, прото, сигурно знаш. У годинама си као и ја, а старост памти једино велике карактере. Мени није још много остало од живота. Неколико година, можда и мање. Бог зна. Зато седих власи журим да баш овде, у мом родном селу, поставим темељ за још једну цркву, манастир можда. То је моје завештање деди. Њега треба и испунити.”

„Илијин унук, кажеш! Ко још не памти, осим ако није памећу померио, ту добричину? Био је жртва читавог народа. Његов помоћник у невољама и најгласнији у песми, у радостима. То говори о величини човека. Него, кажеш, темељ за манастир да поставиш? Брате мој, видиш ли да је и црква празна? Има људи, али мало у њима оног људског. Неће ни да чују за светињу. Неки је чак и исмевају, без стида и страха.”

„Добри мој прото, васкрснуће овај народ. Упамти то. И ти ћеш бити сведок тога, ја не. Мене ће овде омрзнути ни за шта. А ако је и Христос био презрен у постојбини својој, зар ја да тугујем и да се жалим због онога што ме овде чека? Он нам је рекао да је пророк у своме месту без части. Својим долази и они га не примају. Опрости ми, ја ћу сада поћи. Збогом.”

Прота га је испратио погледом и са великом неверицом. Тешко му је било да поверује у све оно што је чуо, јер добро је познавао незгодан карактер и мртву душу народа којем служи годинама, а сада слуша о његовом васкрсењу. То се могло догодити једино великим чудом. Малих и нема.

Јован неуморно жури да још данас, делом, уреди стару, готово вековну, очеву кућу. У њој је одрастао. У њој ће и смрт сачекати, мирно, у тишини и сâм. Размешта кревет на супротну страну како би читав источни зид остао за кандила и многе иконе. Пажљиво их вади из торбе, крсти се и целива ноге Светих, изображених на њима. Поставља их по нарочитом реду — Христово Распеће на најсвечаније место, а око њега све остале. Подно неких од њих, убрзо залелујаше стара, месингана кандила. Долива уље, ставља нове жижке и задовољно трља руке. Молитвени кутак беше већ уређен. За почетак, најважније. Окреће се по невеликој соби и све сувишно износи из ње. Оставља само сто, једну столицу која му се учинила најстабилнијом и онај већ размештени кревет. Можда ће га људи, пре него у пустињи, и овде пронаћи, и ако остану дуго у разговору са њим ту заноћити. Њему самом није био потребан. Спавао је на даскама и тврдом узглављу. Сан му је био кратак, тек колико се телу морало пружити.

Вешто и зналачки преправља на местима од влаге пропао под. Од њега је читав простор помало заударао. Припрема суве даске како би их ставио на место старих, иструлелих. Нашао их је у омаленој, очевој радионици. Бог зна колико су већ ту. Тестера, ексери, чекић и длета — све то стоји нетакнуто и уредно сложено, онако како их је његов отац, умешни столар, последњи пут оставио. Често му је понављао да у кући где су руке вредне, а алат добар, нема глади. Човек, само ако је презрео лењост и ње се ослободио, може много тога створити. Узалуд је било који дар ако га нема ко на добро употребити. Ове речи сачувао је до данас и по њима живео. Отвара невелик прозор како би у собу ушло читаво богатство злата вечерњег, јесењег сунца. Зидови су на многим местима испуцали. Још сутра ће их окречити ако га анђео јутром пробуди и снагу му укрепи. Треба спремити и дрва, зима се ближи и само Бог зна колико ће ове године потрајати.

Провлачи уморне, отечене руке кроз косу, узима тамјан и кади своју нову келију. Веће се у јесен брзо спушта. Донесе свежину у ваздуху. Стари прозор, и од слабог ветра шкрипи. Помера се. Старцу то не смета. Одувек је волео јесен. Често је говорио да она са собом носи неки необјашњив мир у срцу. Са свих страна само тишина. Нека нестварна, човековој души потребна, лепота. И читаво богатство, шаренило боја. Све утихне осим ватреног лишћа које игра неку чудну игру у пољу. Чаробна је природа. Али, не и лепша од људске душе, јер да је тако сви би је, без изузетка, подједнако доживљавали. Овако, само је слика у огледалу наших унутрашњих треперења.

Оставља кадионицу и пали кандила. Сва. Соба свечано засветли. Под прстима, смењују му се чворићи дугачке бројанице. За многе и много тога се моли. И баш док је узносио своју молитву за све људе овог села, непокретни мир прекинуо је лом стакла. Неко је каменом погодио прозор кроз кога је после толико година потекла светлост. Некоме је то засметало. И стари калуђер. Нечијој злоби његова врлина. Разлога за то никада није било нити ће бити, једноставно, зло се не руководи разумом. Јован подиже руке и отворивши очи, само тихо изусти:

„Опрости им, Боже, јер не знају шта раде.”

Једино силна љубав према сваком човеку може творити добро и наћи милост у Бога и за оне неразумне. Измирити све људе. Али, њу немају сви. Време није забележило од постанка света ниједан дан у коме су сви волели све. Неразумност човека. Његова слабост и несавршенство. Велико проклетство.

Још наредног јутра, Јован је заменио разбијено стакло. Неким чудом, баш тада је његов први сусед стављао нове прозоре на свој дом, а Јован се задовољио оним што је он одбацио, при том му и широко заблагодаривши. И опет се, по ко зна који пут у животу уверио, да благородност, врлина и добро на крају побеђују нечију злурадост. И не само то. Његови суседи, бездетни средњовечни супружници, Марија и Јаков, постали су му врло добри пријатељи и у свему му помагали. Од њега су тражили само једно — да се моли за њих да им Господ да наследника њихове честитости, напослетку и имања.

Марија, живих и радосних очију, широких бедара и црне, дуге косе, сањала је о ономе што већина жена има — о круни њеног и мужевљевог живота, о детету милог осмеха, радости сваке мајке. Иако је већ дубоко загазила у четрдесету, ипак није очајавала. Углавном не. Надала се да ће родити. Често би руку држала на мршавом стомаку, налик безводној равници, и тако као да је призивала Божји благослов и молила Га да обрадује њено срце, гушено патњом. Певала је свом још нерођеном сину радосне песме, пуне живота, и смишљала му име и игре. Плакала је само онда када се душа препуни неподношљивим болом жене која очекује оно што нема, а за то живи. За њу, може ли бити већег искушења? И, заиста, све док нам Бог не закрчи неки од путева наших жеља, ми не схватамо колико заправо имамо, увек незадовољни, тражећи оно још, и још. Марија, скромна и честита жена, Јаковљев понос, смирено се молила Господу да јој услиши тај њен вапај срца, никада не ропћући. У свему узорна супруга. Никада се није пожалила да неправедно и незаслужено носи тако тежак крст. Један од тежих за жену. Говорила је да све треба отрпети, а радост ће већ и сама изненада доћи. Покуцати на врата срца.

Јаков је, као давно пророк Захарије, молио Бога да га не остави без потомства. Да му стабло без изданака не остане. И да му се уста злонамерних људи више не смеју. Беше узалуд. Господ као да га није чуо. Тугу у празном дому без деце, осећао је читавим својим бићем. Али, као ни Марија ни он се никоме никада није жалио. Од ње је чак и сузе крио. Бол не прави разлику између мушкарца и жене. Неуморно је радио и градио, надајући се да ће то имати ко да наследи. Широке, нажуљане шаке нису се скривале од посла. Сувоњав, мршав у лицу, са танким, ретким и уредним брковима и погледом доброћудног човека, ноћима је стајао украј кревета у коме је Марија, уморна, већ заспала, надвивши се над њом као анђео, али и као забринута сенка. Дуго би је гледао и тихо јој шапутао, иако га не може чути, како ће они, ипак, добити сина, а са њим и потпуну радост живота. Вера човека спашава од очајања. И све док се надамо, ми заправо и живимо. Јаковљева уска и чини се све ужа рамена, учестао бол у ногама и помало тужне очи, које као да се од нечега скривају, све више су забрињавали Марију. Никада неће заборавити како је данима правио колевку за очекиваног сина, а онда, када је видео да време неповратно одмиче, а она никако да зачне, у ноћи је, у неком, можда чак и душевном растројству, истрчао из постеље и исту ту колевку запалио! То је био једини пут у свим тим годинама патње и страдања да изгуби контролу над самим собом и да учини у свом очају нешто тако страшно. Након тога, мало је говорио. Тражио је од Бога да му опрости што је пао у очај, што је изгубио веру да ће ипак добити наследника. Према Марији је постао још пажљивији. Љубећи јој руке, молио ју је да му опрости његово безумље. Наравно, она му никада и ништа није замерала, па чак ни то. Разумела је то што је и у њој самој израстало, тај очај који је постојао и код једног и код другог, само што је она некако увек успевала да га дубоко потисне у себе. Храбрили су једно друго, и за разлику од многих супружника, живели у миру.

Радо су слушали све што им је Јован говорио. Дивили се величини његове вере и жеље за животом. За кратко време он је уредио стару кућу тако да је више нису могли ни препознати. Оронула фасада живо је заблистала. Ископао је бунар и чак намерио да у близини, на потоку, сагради и воденицу. Оградио је очево имање и увек остављао широм отворену капију, вољан да свакога прими. И долазили су му, издалека. Из села нико. Једино су му деца дуго седела у крилу слушајући његове приче које су им увесељавале срца. А онда, када би их родитељи видели да су опет отишли код „лудог калуђера”, уз претње и псовке су их враћали кући. Толика им је била мржња, ничим изазвана. Зар само због тога што је другачији од њих, уснулих у немару, да га толико прогоне? И као да се све то дешава неком другом, он је настављао да сади борове, украј куће, са западне стране, и да обрађује земљу где ће на пролеће направити башту и из ње сеоској деци односити јагоде. Толика снага и воља за животом не сеће се чак ни код младог човека који, сасвим извесно, по природи ствари, највише ствара. Одлазио је са Јаковом и Маријом у њихов виноград, родан и одвећ сазрео, и на пријатном, септембарском сунцу, неуморно преносио црно грожђе у корпама. Научио их је како да праве укусно вино од чије се чаше душа весели. Говорио им је о свему и снажио их. Марији је често понављао увек исте речи, знајући колика је њена зебња у срцу што нема кћер или сина:

„Не брини, само веруј.”

Поверавали су му се у свему, причали о њиховом заједничком животу и великој љубави, али и страховима, сумњама. О лепоти свега оног што им је Бог дао, надањима и очекивањима. Марија је признала да не воли јесен, јер јој се у душу, попут црва, увлачи нека тешко подношљива туга и чини се као да све замире. Често је то понављала Јовану. А он, само би се благо насмешио, исправио камилавку и ћутао. Ипак, једном јој је, коначно, својом причом дао разлог да јесен заувек заволи.

„Видиш, птице у јесен утврђују своја гнезда пре него у пролеће. Природа им тражи већу будност и труд, а то је, свакако, добро. Тако је и са нама, људима. Сакупљамо плодове и радујемо се родној години. Кажи ми зар ниси приметила сву ону лепоту у вашем винограду док је грожђе дозревало? И зар те не радује тишина јесење, у црвену свилу одевене, вечери? А ако и замире све, то је због тога да би опет, с пролећа оживело. Где нема смрти нема ни васкрсења! Да нема семена, зар би цвеће икад замирисало? Све бива у своје време и носи јединствену лепоту и смисао. Видиш, и природа да не 'умире' како би могла васкрснути са мартовским сунцем? Зар је то од малог значаја? Не надамо ли се тако и нашем васкрсењу? Јер, Бог кроз све говори и учи нас. Свуда можеш пронаћи Његов траг. У тихом поју птица из крошњи, што душу разгаљује као старо вино, али и у сребрнкастој реци што и по мразу жубори и светлуца, радује се животу. Зашто би онда и човек очајавао?! Све живи. Једино душе у људи могу бити мртве и не приметити сву ту лепоту. Хоћеш ли заволети јесен ако ти кажем да ћеш у њој зачети сина? Не страхуј, Марија, само веруј!"

Заиста, убрзо након тога, Марија је зачела. Када човек нешто тако дуго и јако жели, што дуже чека већа ће и радост бити. Њеној и Јаковљевој срећи није било краја. У њој нам је допуштено да не будемо умерени. У душе им је зашла свежина и нека до тада непозната светлост. Рођено им је дуго очекивано дете, а то је, свакако, нешто посебно и велико. Наравно, безмерно су били захвални калуђеру, јер их је Бог, у то су без сумње веровали, његовим молитвама благословио.

На крштењу, детету су дали име Јован, у знак захвалности према њиховом вољеном старцу како би га се увек сетили када год би свог сина позвали по имену. Име носи снагу, велику и значајну, а крштење љубав и заједницу са Христом. Јован је крстио Јована!

Када вам неко прекине дуго сањану и очекивану радост и не дозволи вам да се на њеним крилима још задуго будите тако што ће безразложно почети да сплеткари, завидећи вашој срећи, очи опет бивају пуне суза и то управо због таквих, ако вам је срце спремно да прихвати свакога човека. Јер, жалостићете се што у њима нема љубави, што злу повлађују. Наиме, кренуле су клевете како је мали Јован калуђеров син, јер, ето, Марија није могла да роди док се нису зближили с њим. Поквалени ум и нечија зловоља може се чак толико дубоко заглибити. Нажалост, има зејерљивих људи којима туђа радост постаје сметња. Такви би, да само како могу, обечастили сва племенита осећања срца. Опет, љубав и праштање спречавају оне што су понижени и оклеветани да узврате истом мером. Иако нису могли у миру да се радују свом сину, Јаков и Марија су о свему ћутали не желећи никоме ништа да објашњавају. Тако су још више навукли на себе неправедан гнев оних чија је савест сравњена са прашином. Јован их је храбрио као и увек и опомињао да се за њих моле. Љубав према непријатељу, љубав је савршена. Другачије се њихова мржња не може смекшати!

Старца су чак једне вечери, када се задуго заузео неким послом код цркве, каменовали и нанели му озбиљне повреде, оком видљиве. Али, његово око душе остало је радосно. Никоме није сметао, никоме зла нанео, па због чега онда толико понижење? Завидећи његовом Светом животу и чудотворству његове молитве, распели су га на подсмех читавом селу. Није се томе противио. Без речи и са неподношљивим боловима у стомаку, са великом муком, вратио се у своју келију. Колико се нечија светост уздиже у висину, подједнако се може сурвати други човек у свом паду. У томе и јесте она вечита борба између добра и зла. Једноставно, једно са другим не могу.

Те ноћи, понижен и испљуван, без милости и разлога нападнут, уморан, заспао је раније него обично. Упаљена свећа остала је на столу, а прозор, тек мало отворен. Пробудио га је врисак жене и лупање врата. Отворио их је, помало стрепећи од онога што се могло десити. Јер, у уснулој ноћи, када готово све мирује, шта осим велике муке може натерати човека да потражи помоћ од другог. Испред њега стајала је Марија, босих ногу и у спаваћици. Несумњиво, нешто веома крупно ју је узнемирило чим није стигла ни да се обује, већ је, једноставно, истрчала из куће. Несретно и узбуђено, махала је рукама покушавајући нешто да каже. Успела је само да изговори име свог сина и да повуче Јована за руку како би пожурио.

Дете је лежало у постељи и тешко дисало. Чинило се као да ће се сваки тренутак угушити. Врућица му је узела и оно мало снаге тако да се уопште није померало. Марија је чупала косу, немоћна. Ходала је по соби преклињући старца да нешто учини. Подигао је руке и погнуо главу. Био је то први пут да виде сузе на његовом набораном лицу. Изговарао је гласно молитве и из дубине душе завапио Богу да дете остави у животу. Некако је, пред зору, и заспало. Остали су сво троје да бдију поред њега. Нико није проговарао. С времена на време само би им се погледи срели, стегли би једно другом руку и тако се храбрили. Веровали су у чудо које је требало некако дочекати. У болу и патњи човек најпре осети вечност, јер је и сваки тренутак бесконачно дуг, готово трајан, непролазан.

И заиста, јутро је и донело то очекивано чудо и велику радост за њих — мали Јован се пробудио са осмехом на лицу. Жељан игре испружио је руке ка мајци како би га придржавала док он, још увек несигурно, корача. Узела га је у наручје, страхујући да га од велике среће не стегне сувише јако. Плакала је, радосна, и сузног лица није престајала да љуби старчеве руке. Његова молитва била је готово свемогућа и у то су се, још једном, и она и Јаков уверили.

Постоји један, готово закон, по коме карактерног човека узнемиравају многи, покушавајући да му одузму мир, јер не трпе ону доброту коју сами немају. Ако неко завиди другоме и иза „зида” вреба како би га, када му се укаже прилика спотакао, неће ли на крају он сâм пасти и разбити главу? Нажалост, има људи што журно другима злобе смишљајући ситне пакости. У том посве жалосном науму, за такве може ли бити ичега корисног? А запис сваке душе, зар ће ико украсти са Неба? Тамо су, у отвореној књизи, сва кривоклетства, мржње и зависти што смо учинили за живота. По делима ће нам се судити. Ипак, неки не желе да верују у то па немилосрдно газе преко леђа других. Презиру их и ломе им кости. Понижавају и пакосте им. Све су то ситне, за вечну радост изгубљене душе, далеко од љубави и милости. Много их је око старца

Јована. То су они што би радо, само да како могу, продали свој живот и откупили туђи. Њихов им се чини одвећ јалов и слеп.

Пут од грешника до добротвора не прелази се само у једном кораку. Тек када сузе пресуше и рана обилно искрвари, човек се може коренито променити. Над овим би требало да се замисле сви они мали карактери, решени непријатељи испосника Јована.

Многи греси подједнако намуче људе из различитих класа друштва. Сви их могу имати, али не могу их се сви и ослободити. Међу свим тим људима што су без милости прогонили старца, било је сиромашних, али и богатих. Неуких, али и учених. Завист је страст што лако начини људе духовно кљакавих ногу и без разлике и потпуно може оковати све — имућног судију, угледног лекара и обичног, готово нешколованог човека. Борба са злом, учи се и води унутра, у срцу, и због тога нам никакав спољашњи углед не може помоћи у томе.

Андреј, поштован у селу због своје ретке учености и високог положаја, чак се својом отвореном и великом мржњом према Јовану издвајао од оних лицемера што су своју пакост ипак помало и скривали, јер, ето, он је калуђер и можда ће им се већ неким „чаролијама” осветити. Велико незнање и свесно непоштовање старчеве личности. Јер, нити љубав зна за освету, нити је он какав занесењак и врач, већ широкогруди испосник тако близу Богу да му и Стопе љуби.

Лукав и готово у свему помало злобан, овај човек је дао много труда за некарактерну ствар — на било који начин наудити старцу, чак га и протерати из села. Низак, кратких и задебљалих прстију, неуредне косе и невешто истањених бркова, одавао је утисак неповерљивог и врло рђавог човека. Несумњиво врло ружан, са малим, али изразитим носом, нескладно грађен, упалих рамена и готово заобљених црта лица, нервозно је ходао по својој соби, с времена на време подижући густе, састављене обрве. На тренутак би застао и грохотом се смејао, задовољно трљајући руке. А онда, као да му је врло важан план бесповратно пропао, почео би да псује машући рукама на све стране.

Ако човек иде ка остварењу нечег племенитог и доброг, у срцу му је мирно и тихо, и тешко да ће му било шта покварити то расположење. А када има рђав наум да повреди другога, без неког нарочитог реда му се смењују осећање претераног одушевљења и готово очаја. Смишљати подлости другоме до детаља, завидети му и одгуривати га са лествица на које се сâм не можеш успети, залудност је, можда и највећа, којом се човек може занимати. Нажалост, многи што не могу да иду са другима „под руку” стану их повлачити за рукав како ни они не би стигли тамо где су наумили. Сујетни не трпе туђу врлину, а својом се, па и оном најмањом, поносе као да је једино они имају па се стану њом и разметати. Разметљиви оним што добијају на дар, могу ли га сачувати?

Андреј је био умногоме некарактеран човек, врло заједљив и један од оних што немају баш увек власт над собом. Годинама на важном положају, гордио се тим својим призивом и неретко стављао себе изнад закона и свега онога што честити људи сматрају светињом. Где год би се појавио, а свуда је имао велики утицај, чинило се као да је неком злом силом вођен и управо њом послат да наметне неку рђаву ствар, јер добро није трпео. Сметали су му сви они који се труде и исправљају свој живот. Добронамерном човеку ово изгледа чудно и неприхватљиво, он се са тим никако не може сложити, али, зар су сви људи такви и исти? Једном је чак и своју супругу грубо прекоревао само због тога што је нешто новца, њима сувишног, дала у руке неком невољнику. У свом бесу и разузданом разуму називао ју је слабом и рањивом душом без памети коју као жаоком дирне туђа судба, уверен да човек у животу може ићи напред крупним корацима једино ако се не обазире ни на кога око себе. Такви људи сами не знају за милосрђе, а све оне који знају колика је ширина добронамерног срца, називају залуђеним губитницима и слабим карактерима, чак их и исмевајући. На крају, у свом том неразуму, они чак замрзе ту њихову „слабост” до те мере да им заједнички живот са таквим људима постаје срамотан и безусловно траже од њих да „очврсну и дозову се памети”!

Узалуд је Милица, његова супруга многих племенитих црта у карактеру, покушавала да му смекша срце, опомињући га да су блажени милостиви јер ће Бога видети. Ове јеванђељске речи, расрдиле су га до те мере да је као ван себе понављао да не жели више никада да слуша о „тамо неком Богу” коме душа треба да иде у сусрет. Да је како могао, забранио би и њој самој чак и да мисли на Њега. Махао је подигнутим прстом испред њеног лица, запретивши јој да ће отићи од ње уколико се не промени. Али, зар онога ко срцем тражи и жели добро може поколебати и устрашити нечија неразумна претња? Зар ћемо посустати од својих уверења само због тога што неко ко је изгубио мерило вредности мисли другачије, и није ли нам чак и дужност да такве увек подсећамо да су на варљивом путу, поготово оне најближе! Ипак, ма колико се трудили да помогнемо ономе ко очигледно срља и пропада, све ће бити узалуд док он сâм не пожели и не покуша да живи другачије. Андреј на то није чак ни помишљао.

Његова запуштена, немарна и умногоме горда душа, никако није могла да прими радосну вест о вечном блаженству, у њега не верујући. Много је грешио, а таквим је људима тешко вратити искрени осмех на лице. Отуда велика мрзовоља и некаква отупелост за све оне, наизглед мале и безначајне радости што имају толику снагу да и читав живот исткају. У старости, када коначно одшкрине врата и зађе у дубину свог бића, зар ће се радо сећати како је некада у својој сујети мислио да може све, да чини само добро, и да је једини закон за човека онај што он сâм себи постави? По њему је и живео, не гледајући на друге. Али, зар се то може назвати животом! Није ли то само његова карикатура и крива слика многих грехова?

Не може се задуго гледати у сунце у зениту. Тако ни нечија злоба не траје заувек. И њу временом други открију и с правом је осуде. Узалуд му је супруга са доста стрпљења и љубави (особине добре душе), обазриво говорила да се поправи, да победи те своје рђаве наклоности. Безразложно поносни и они што претерано држе до свог достојанства (углавном то чине када је непотребно), све схватају као заповест, а не као племениту жељу срца блиског човека да му помогне тако што ће му рећи где греши и како да промени своје навике. Такви тешко препознају човекољубље у других па их, љутито и надмено, одгурну од себе, наносећи им много непријатности. Најболније је то што, на крају, и поред ревносне жеље што изгара у срцу људи, увек спремних да другоме пруже руку утехе, они готово по правилу буду исмејани, јер на читав њихов труд људи запуштене душе којима желе помоћи гледају као на некакво залудничење. Андреју, човеку гордости без граница што не мари за туђе мишљење (особина тврдоглавих, људи који другима желе да управљају) било је тешко прићи и рећи истину, јер о њој није желео ни да чује. Готово увек када би Милица почела разговор са њим о томе како не може више да поднесе тај мрак у његовој души, прекинуо би је, бесно почео да виче и онда изашао некуда, не желећи да чује о себи и својим слабостима. Једном је чак, док му је говорила о његовом греху према старцу Јовану, у својој озлојеђености и искиданих нерава, јако замахнуо руком, не приметивши да је оборио чашу и да се разбила о мермерни сто, шаком ударио равно по стаклу. Наравно, за то је окривио Милицу и тог „занесењака", калуђера. Горди се чак ни овако опоменути не замисле над собом, спремни да увек и за све другога окриве, тек никако да из свега извуку поуку.

Расечену шаку дуго није могао ни померити. Пресавијао се до пода од болова проклињући супругу и из свег гласа вичући како ће се осветити том „бедном старцу". И заиста, чим су се мало ублажили, већ је ту исту, повређену руку подизао и њом отворено претио старцу да што пре напусти село и да више не „обмањује" народ. Чак је отишао и проти, говорећи му све клевету за клеветом — те како је Јован неки лажни пророк што заводи људе што му долазе са свих страна, те како су велике несреће покуцале на врата многих откако је он дошао. После толико година ушао је и у цркву, лицемерно се клањајући пред иконама, само да би од проте затражио да се заузме за ту „крупну ствар", јер су „кола одвећ кренула низбрдо". Оклеветати готово светог човека и у том свом помрачењу разума и срца чак затражити ослонац у ономе што душа презире само да би остварио тај покварени наум (Андреј није могао ни да чује о цркзи и Богу), може само претворан, лицемеран и непоправљиво лукав чсвек. Наравно, прота је одмах прозрео Андрејеве намере и угушио све те његове безумне наде и очекивања:

„Андреј! Ја сам помислио да си дошао да зовеш проту да ти освешта дом и да га благослови. Све се надам, враћао ме неколико пута са свог прага па га сад нека мука натерала да ме потражи. Измирио се са Богом, решен да од сада поступа другачије. А ти ми говориш о Јовану! Све оно на шта те ђаво наговара, а не оно што заправо јесте. Пази добро, велики је то човек. Твој је, и грех многих што га не прихватате. Учини ли он било коме од вас шта друго осим добра? Зашто га онда разапињете? Завидите му на ономе што му је Бог дао па дарови у вама остају кржљави, а свако је нечим дарован. Није добро презрети своје и пожелети туђе, јер ништа није мало пред Господом осим греха. Ти би то бар требао знати, учен си, човек на добром положају. Зашто онда толику милост од Бога на зло да расипаш? Много ти је дато, толико ће се од тебе и тражити. Него, гледај да се у мислима што пре измириш са калуђером. Бог је дуготрпељив, али немој то искушавати. Узми ову икону, за твог сина је.”

Испружи руку ка проти, чврсто стеже икону Васкрсења и замахнувши баци је себи под ноге. О, колико је пута кротки Господ трпео оваква и још већа понижења од неразумних! Са земље, у блиставо белим хаљинама, са иконе су у Андреја и у његов од луде гордости потпуно измењен лик, гледале свезнајуће Очи Онога који је победио свет, смрт и грех. Шкргутао је зубима и злурадо гледао час у икону, час у проту, не скривајући велико презрење. У тој чудној игри затегнутих нерава где се човеку чини да исправно поступа, јер нема власт над собом већ допушта да тим унутрашњим немиром буде руковођен, кренуо је ногом да згази Лик Онога који је трпео сву ту његову загушљивост и чад душе. Прота га је гледао у чуду и закрштавао га све време тог његовог лудила. И таман када је чврсто стегао зубе, повремено се болесно смешећи крајем уста, као неко запоседнут злим дусима, бол у леђима оборио га је у страну. Пао је на земљу запомажући. Лице му црвено од сувише крви што се слила у главу па је престала под тим притиском здраво да размишља.

Укочен, умиреног тела, али не и душе, невољно је и готово заповеднички затражио од проте да му помогне. Многе страсти са слабошћу тела и саме ослабе, али гордост се, тај највећи човеков тиранин, чак ни тада не стишава. Требало је да се само бар мало Андреју врати снага и већ је тада, одмахујући руком, викао готово до гушења да ће се он сâм разрачунати са старцем.

Смишљао је разне пакости како би му барем мало наудио. У тој својој силној, незаустављивој и бескорисној жељи, често је чинио много смешне ствари, неприличне чак и детету. Тако је једно време, са првим сумраком, сваке вечери окупљао невеште музичаре у близини Јовановог дома, како би правили што већу буку и тако старцу засметали у молитви. Он сâм, пљескао је рукама и на силу певао до изнемоглости. Када му је постало јасно да му не може наудити већ да тако само постаје подсмех другима, губећи свој углед до кога му је у великој мери стало, гневно је дигао руке од тог свог вечерњег циркуса.

А онда је, очекивано, тражио друге начине и прилике, решен у неразумној жељи да старцу ма како науди. Има оних што су толико упорни у остварењу својих нечовечних циљева да простодушне и неискварене људе просто брине и застраши та њихова одлучност и хладан, груб израз лица. Љубав и добра мисао покрећу човека на племенита, велика дела и идеје, али шта га то гони да тако сурово наноси другоме зло? Зар слабости имају подједнако велику снагу као и врлине, само што су, ето, за разлику од њих окренуте ка нечем потпуно другачијем. Андреју се чак и читав лик изменио од греха.

Очи му упале, непријатељске, а поглед мрачан и камен. Од силног немира и напетости усне као укочене и модроцрвене. Руке му подрхтавају као у старца, а главу готово непрестано окреће час у једну час у другу страну. Размишљајући о томе како би надмудрио старца, често је врховима прстију чупао обрве, и не примећујући да то чини, тако да их је на крају толико проредио да су изгледале врло смешно.

Коначно, имао је читав план у рукама. Отишао је Јовану како би од њега затражио опроштај, а заправо, иза тога је сакрио велику подмуклост.

Калуђер се прилично изненадио када га је угледао. Андреј је стајао погнуте главе попут детета које се стиди онога што је учинило. То је извео толико вешто да му је старац поверовао да жели да затражи опроштај од њега. Пришао му је, савио се готово до земље, а онда узео заморену старчеву руку и целивао је. Јованово срце је уздрхтало, јер као и сви људи племенитог карактера и он се искрено радовао што је његов решени непријатељ пожелео да се измири са њим. Раширио је руке и срдачно му се осмехнуо — сасвим довољно да Андреј схвати да је спреман да заборави све оне непријатности које му је нанео, и рекао:

„Хајдемо унутра. Скуваћу нам чај. Нема веће радости од оне када се два човека мислено измире. Мање је важно ко је кривац њиховог сукоба од тога да они могу постати добри пријатељи. Треба да се учимо да подносимо и опраштамо све увреде од других, једино се тако ране исцељују.”

Андреју је било неугодно да седи окружен многим иконама и кандилима, једноставно му се душа на њих није могла лако привићи. Ипак, знао је да му читав план зависи од тога колико ће старцу верно представити себе као човека „који се срцем каје због онога што му је учинио”. Чак се и распитивао о значењу појединих икона како би код Јована стекао поверење и како би га убедио да је он сада „потпуно други човек”. Тражио је од њега да му говори о свом животу у пустињи и да га поучи честитом животу, по Богу, јер, ето, он је то сада „свим срцем желео”. Када му се учинило да је калуђер у потпуности прихватио његове речи као истините, устао је, правдајући се да некуда жури, а онда је, као да се нечег неодложног присетио, погледао Јована равно у очи тражећи од њега да га што пре посети. Старац га закрсти на вратима уз обећање да ће му можда још сутра доћи. И заиста, још јутром му је кренуо. Радовао се и при самој помисли да ће Андреј, некада преко сваке мере горд и нечастан човек, од сада строго пазити на свој живот.

Сачекао га је на вратима, и уз учтив осмех, главу приклонио старцу. Хтео је да остави утисак човека који се радује овој посети. Руком му је показао да уђе и одмах је стао да се труди око тога како Јовану да угоди.

Понудио му је разне ђаконије, сувишне за скромну, монашку душу. Старац је затражио само чај, правдајући се, уз извињење, лошим здрављем, како га не би увредио. Пажљиво је разгледао сваки детаљ раскошне, неукусно уређене и врло простране собе. Узалуд је тражио бар једну икону на зиду, благослов и стуб читавог дома. Уместо Христовог благог Лика ту су биле представе накарадне уметности — готово обнажена тела између скупоцених, сјајних рамова. Ништа што човеку не оплемени и не обрадује душу док гледа у њега, нема вредност нити трајност, ма колико то било верно представљено. Узалуд су складне контуре и живе боје ако слика разврћа човека.

Старац је забринуто само одмахивао главом, чекајући Андреја да се појави са шољама чаја. Устаје и седа украј широког прозора од кога је читава соба била прозрачна и врло светла. Гледа у врт, задовољно се дивећи лепоти ружа, негованим вештим Миличиним рукама. Јутарње сунце скида још понеку преосталу кап росе са њихових латица, и као да жури да што пре пређе са друге стране. У старчевој души опет је све било пријатно и врло мило, тако да је убрзо и заборавио на оне непристојне слике са зидова и читаво то шаренило многих, сувишних и чак несумњиво врло ружних ствари од којих је читава соба била претрпана.

Убрзо је осетио и врућ чај у устајалом ваздуху. Андреј је ретко када отварао прозоре, као да се плашио свежине јутра и мириса црвених, исцветалих ружа. Сео је поред свог госта, неочекивано га гледајући испод ока. У његовом осмеху било је нечега изазивачког, непријатељског, што је старац одмах и приметио. Помислио је да се иза свега овога крије нека подмукла и врло рђава ствар. Није се преварио, али сада је било одвећ касно да било шта промени, јер седи сâм са непредвидивим, врло нечасним човеком. Радост да је Андреј постао сасвим други човек и нада да жели у томе да истраје, није се могла више наћи чак ни у траговима. Претерана вера добро̀ћудних људи да се други олако могу и хоће променити и љубав према свакоме који страда од својих страсти, понекад је блиска наивности, јер према онима што су дуго остајали под теретом свог греха треба бити врло обазрив. Тешко је и готово немогуће човеку да само у једном дану очисти своје срце и васкрсне. Али, племенита жеља у нама да се неко ко нам је био непријатељ и ко се односио према нама са великим презиром и мржњом, човекољубљем и добрим мислима, промени, побуђује нас да у то чак поверујемо. На крају, схвативши да је то само оно што би ми хтели, а да такви не одустају лако од својих рђавих навика, остајемо жалосни и још више повређени.

Јован се ничега више од тог јутра није сећао. Пробудио се са несношљивом главобољом и болом у стомаку код својих суседа, Јакова и Марије. Њихов син трчкарао је по соби и повлачио старца за рукав не би ли устао из постеље и, као што то увек ради, отишао с њим у двориште да се игра. Овога пута калуђер је једва некако успео да испружи руке према дечаку и да га помилује по лепој, плавој коси. Анђеоски осмех детета и његове миле, топле ручице, склопљене око старчевих груди, вратиле су му бар мало живости. Пољубио га је својим здравоцрвеним уснама и радосно, поскакујући, изашао напоље. Јаков је жалостиво гледао у старца, а онда, видно узрујан, подигао прст, претећи:

„Нитков. Човек без осећања и страха од казне коју заслужује. Једино разуздан ум не поштује седе власи и многе одбројане године. Зар толико понижење?! Уверен сам да тај подмукли Андреј стоји и иза оног срамног чина када су те кукавички и бездушно напали. Због таквих и постоји Страшни Суд. И место вечите муке, таме и ридања, далеко од љубави и радости. Ниси требао ићи њему. Тај је спреман чак и на оно на шта се други не би усудили ни да помисле, само ако ће на крају напакостити ономе кога мрзи. Мржња довољно говори о човеку — нечовеку. Од таквих се не можеш надати ничему добром. И као од кише и од њих се треба склонити, иначе, могу нам нашкодити. То су људи без мерила, савести и бар мало поштовања туђе личности. Без стида и кајања. Незаслужни чак и да се о њима много говори, а ја се, ето, баш распричао. Опрости ми, добри мој. Него, кажи нам како се осећаш? Сећаш ли се било чега? Не изгледаш нимало добро.”

Старац затвори очи и са великим напорима и грчем у стомаку, рече:

„Човек о коме ми говориш позвао ме је да неизоставно дођем код њега. Пре тога, затражио је од мене да му све опростим, погнуо главу као неко ко се искрено каје. Поверовао сам му и отишао код њега. Сећам се да смо попили чај. И да се злурадо смејао. Више од тога не. Али, откуд ја код вас, то ви мени кажите?!"

Марија је стајала насред собе, бледа и укоченог погледа као оне ноћи када јој се син тешко разболео. Плакала је и тихо, као за себе, понављала да ће све бити добро. Пришла је Јовану и није престајала да му љуби руке, отирући сузе на њима. А онда је протрљала уплакане и болно крваве очи, рукавом од изношене блузе, и проговорила тешко и нерадо:

„Журила сам јутрос са корпом свега оног што нам је било потребно како бих спремила доручак пре него што се Јован пробуди. Лежао си без свести, у близини Андрејеве куће. Чула сам само како његова жена виче да ће читаву ствар предати суду и како је он, Андреј, за њу умро. Проклињала је све оно што ју је икада везивало за њега. Истрчала је напоље за тобом, слутећи да нећеш успети да дођеш до свог дома. Тај покварењак је кренуо за њом, ухватио је за руку и оборио на земљу. Викао је, претећи. Понављао је хистерично да ти мораш умрети! Отрчала сам и позвала Јакова. Молили смо се само да се пробудиш. Хвала Богу, сад си свестан свега."

Јаков је, још увек приметно узнемирен, ходао по соби и размишљао да одмах крене Андреју и да се с њим разрачуна и објасни. Можда га је само тренутак делио од тога да то и учини, али је чуо добронамеран, старчев глас:

„Умири се, пријатељу. Седи овде, до мене. Видиш, све је на крају испало добро. Престаће и ови болови. Тог човека довољно је ђаво намучио, зар још и ми да га осуђујемо?! Знам, рђав је, али и о таквима треба мислити и њих заволети, некако им помоћи. Немој да мислиш да је њему лако. Треба поднети тај отров душе. Грех и немир. Не бих се сада, после свега, усудио да тврдим да тај човек у потпуности влада собом. Видиш да га је нека зла сила узела под своје и да с њим чини шта хоће. Мени је лако и овог пута да му опростим, али њему сумњам да то нешто значи. Гордошћу слуђени тешко стају на реп својим страстима и тако остају под каменом различитих преступа. Због тога је таквим људима тешко прићи и племенитом намером обратити их у добро. Ипак, треба у томе бити упоран, јер људска је душа највећа вредност за коју знамо!"

Примакао је колена грудима како би барем мало ублажио бол у стомаку. Јаков продужи:

„Имаш право, добри мој. Али, зар ћемо заувек трпети тлачења од таквих људи? Знаш ли да ти је чак и браду допола сасекао? Не знам само када је успео да то уради и тако те још више понизи."

„Зар јесте? А ја је годинама нисам дирао. Ех... Брада ће изнова порасти, али увреде и ране остају задуго. Њих тек време исцели, поравна. Добро је што је тако, што на крају све можемо чак и заборавити. Много тога човек може отрпети, само ако хоће, и тако се спасти. Имаш право, овај свет би био далеко лепши да је мање понижења. Кривица је на човеку и он је може и треба изгладити!"

Након ових речи сви су заћутали. Једино су очима и понеким осмехом искрених пријатеља показивали своја осећања и веру да ће, на крају, ипак све бити добро!

Старац се убрзо опоравио и већ су га виђали како неуморно сатима дубоко ископава земљу за млада стабла јабука. Мали Јован је стално био уз њега, поскакујући око његових ногу и увесељавајући га својим радосним и дечјим, искреним, запиткивањима. Једном је чак и Милица дошла, тражећи од њега опроштај за оно што је учинио неко са ким је постало готово немогуће живети, решена да читаву ону немилу ствар преда суду. У томе јy је сâм старац спречио, говорећи да је сав Суд у Бога, а не у људи. Тражио је од ње да бар покуша да поднесе сва та искушења око Андреја и да стрпљиво сачека не би ли се он како променио. Он му, свакако, и овај пут све опрашта. Милица је невољно одмахивала главом у страну, слутећи да ће њен супруг, овакав какав је читав свој живот, и умрети, без жеље за покајањем.

Истог тог дана старац је пронашао са источне стране свог имања, дубоко у земљи, стару, не много оштећену икону Васкрсења. На том месту требало је да засади једно од стабала. Дечак је узео икону из старчевих руку и смешећи се, почео да је љуби. Убрзо, њих двојица су ту поставили темељ за олтар манастира. Дечак, рођен чудом и молитвом за велика дела, у будућности ће га, сасвим сигурно, и изградити. Старац је испунио оно због чега се и вратио пре неколико година свом огњишту и сада је мирно чекао своју смрт, жалећи што неће моћи да види како читав народ васкрсава. Држао је Јована у самртном часу за руку и чврсто је стегао. Рекао му је да икону коју су пронашли постави у олтар када подигне манастир, јер ће и она ускоро многе мртве душе подићи. Спустио је главу прослављајући Господа. Тако се и упокојио.

И, заиста, многи што су исмевали старца, ускоро су почели да долазе у дом Јакова и Марије како би видели ту чудом откривену икону Васкрсења из које је почело да истиче миро. Донедавно у бригама и греху изгубљен народ, срцем је поверовао. Зар има ишта лепше од тога када он васкрсава? Када многе душе узлете ка Светом Небу!

А украј она три бора, сада два крста светле земљом. Калуђера су сахранили поред његовог деде, проте Илије. На гробу освештан мир што надилази људски разум и благи мирис долазеће вечности. Један је човек морао умрети како би читав народ васкрсао!

БЕЛЕШКА О ПИСЦУ

Марко Д. Марковић рођен је 9. априла 1982. године у Лозници. Завршио је Војну гимназију 2000. године и четири године касније дипломирао на Војној академији на тему *Хришћанство и рат*. Отац је два дечака, Максима Лава и Андреја. Живи и ради у Београду, у Војногеографском институту. Од детињства је опредељен за уметност. Књижевност му је централни део стваралаштва, а упоредо са књижевношћу посвећен је и успешан у иконопису, дуборезу и фотографији. Наклоњен је руским класицима, а Русија му је непресушни извор инспирације за његова дела.

До сада је објавио: *Назиреј* (2010, збирка прича), *Жртвеник љубави* (2013, збирка прича), *Злочин у клевети* (2016, роман), *У себи заточени* (2022, роман), *Покајник – Покајник* (2024, роман).

Члан је књижевног удружења „Словенско слово”.

Марко Д. Марковић
ЖРТВЕНИК ЉУБАВИ

Лондон, 2025

Издавач
Globland Books
27 Old Gloucester Street
London, WC1N 3AX
United Kingdom
www.globlandbooks.com
info@globlandbooks.com